O ABISMO
romance

| VOLUME 1 |

MAFRA CARBONIERI
[Academia Paulista de Letras]

O ABISMO
romance

REFORMATÓRIO

CARBONIERI, Mafra. O abismo - vol. I : romance.
São Paulo: Reformatório, 2022.

Editores
Marcelo Nocelli
Rennan Martens

Projeto e Edição gráfica
C Design Digital

Revisão
Tatiana Lopes

Capa
O jardim das delícias terrenas © Hieronymus Bosch

Foto do autor
© Marcio Scavone

Imagens Internas
© Hieronymus Bosch

Dados Internacionais de Catalogação na Publicação (CIP)
Bibliotecária Juliana Farias Motta (CRB7/5880)

C264a Carbonieri, Mafra, 1935-

      O abismo - vol. I : romance / Mafra Carbonieri. -- São Paulo: Reformatório, 2022.
      272 p.: 14x21cm

      ISBN: 978-65-88091-55-5

      "Autor vinculado à Academia Paulista de Letras"

      1. Romance brasileiro. I. Título: romance

                                   CDD B869.3

Índice para catálogo sistemático:
1. Romance brasileiro

Todos os direitos desta edição reservados à:
EDITORA REFORMATÓRIO
www.reformatorio.com.br

Para Annita e Hermínio

ZERO

Antigamente esta rua chamava-se Senhor dos Passos, e as casas da colônia, no Bairro Alto, baixas e de telhas francesas, desalinhavam-se entre mangueiras e sebes de pinhão-paraguaio. Tinham escavado a calçada no barranco. Nas esquinas, e no meio do quarteirão, andava-se sobre tábuas que serviam de pontes. A lama corria por baixo. Pela fotografia, que logo enfiei no bolso do blusão, reconheci a casa de meu avô. Pedi licença ao inquilino para entrar. Uma gorjeta fulminante minou-lhe o assombro e o escrúpulo, sem alterar a sua aparência citrina. Grisalho e astuto, não era inquilino. Era um inválido, agora risonho, todo crespo e quase andrajoso, de boné, com um cobertor de baeta às costas e que morava ali por acordo: desse modo, os andarilhos da serra não depredavam os cômodos e não sumiam com janelas e portas. Muitas arderam no inverno dos vadios.

Talvez fosse a mulher do inquilino, de cachimbo e desconfiança, espiando por trás duma cortina de chita estampada. A pobreza, essa forma de abandono, arruinou tudo. Vejo a antena da TV e a fiação exposta.

Nenhum livro na prateleira. Um gato esfrega-se na parede. A fotografia me pesa no fundo do bolso. Era uma casa de quatro quartos, opostos dois a dois, tendo entre eles a sala e depois a copa. À esquerda, descendo-se três degraus de peroba, ia-se à cozinha. Um alpendre de piso atijolado protegia o forno. Sentia-se no vento a friagem da Cuesta. A horta dominava o quintal. Havia um poço. O banheiro ficava longe. Durante algum tempo, pensei que *cafoto* fosse uma palavra italiana.

Nada fiz por esta casa. Não ter vivido aqui, não ter vindo antes, me desgosta como uma acusação. Deixei meu carro estacionado na Senhor dos Passos. Não me interessa o nome atual da rua. Meu avô ganhou o entulho e os restos duma demolição na Dom Lúcio. Salvou caixilhos, batentes, até vidros. Com a ajuda dos meninos e uma carriola de roda de ferro, indo e voltando, ele atravessou a cidade com o Lavapés de permeio, os filhos, menos a menina e o caçula, com sacos de estopa aos ombros, embrulhos traiçoeiros, eles se dobravam sob a carga, iam sangrando pelo caminho, esfolando-se, suportando primeiro os tijolos, depois as telhas e os ladrilhos. Perderam a conta das viagens. Mais difícil era a corrida ao longo da ponte para tomar impulso no aclive da Senhor dos Passos. Desentortaram pregos enferrujados. Lixaram caibros de segunda mão. Desceram a ladeira com baldes vazios para enchê-los de areia no rio.

Vinham da serra os soldados e os ladrões. Certo dia de 1924, durante a manhã, estrondos ressoaram na colônia. Os gritos logo apressaram o pânico. Falou-se que tinham dinamitado todas as pontes do Lavapés. Às cegas, minha avó arrecadou uns trastes em dois lençóis. Meu avô enrolou os cobertores e amarrou-os com as tiras duma toalha esfiapada. O menino mais velho orientou a fuga da família para o Seminário São José. O caçula agarrado ao colo da mãe, a menina com o pai, os dez foram tropeçando pelos buracos da Senhor dos Passos, balas de fuzis riscando o ar cinzento. Pelo menos a ponte do Bairro Alto, atrás da fumaça, permanecia no lugar. Ao redor, uma procissão louca. O pavor girava a esmo sobre a cidade. Os colonos debandavam para o outeiro da Matriz. Vimos alguns soldados no começo da Rua Curuzu. Escuros, arrogantes, cercando com alegria um novilho desgarrado, pareciam jagunços de farda amarela. Melhor esconder as mulheres no forro.

Não falta ninguém? Conseguiram saltar o muro do Seminário. Depois, distraindo o medo e de olho nos pertences, abraçaram-se junto ao tronco duma figueira. Estavam todos ali. Crianças e trouxas.

Os patriotas de 1924 arrombaram as casas do Bairro Alto e confiscaram o que fosse de metal: dobradiças, ferramentas, panelas, tachos, bules, ferrolhos, bacias, até a tampa do forno e as chapas do fogão a lenha.

Voltaram para casa. Meu avô desencravou balas das paredes e dos palanques de cerca. Achando outras, na horta, no telhado e uma na soleira de pedra, colecionou treze projéteis detonados. Eu herdei esse suprimento bélico da família. Com ele, esculpi toscamente, com mais escárnio do que talento, uma *Santa Ceia*.

De repente, o chão lembrou o tombadilho do Ravena C, minha avó teve um ameaço de desmaio à beira do poço. Olhou a manivela virar ao contrário e percebeu, muito longe, o baque da caçamba na água. Desfiando as orações da infância, arrastou-se até o quarto e o crucifixo. Minha avó morreu com trinta e oito anos.

Preciso escrever isso.

Como? Com as sílabas parcas e orificiais do poema contemporâneo? Com a vaselina de cheiro da Geração 2000? Com despudores oníricos? Divagações excrementais? Jogos de armar os pequenos absurdos da vida arquiducal e burguesa?

Quero que enterrem a cabeça no cafoto.

Muitos anos, e duas revoluções depois, alguns riam de meu nome. Malavolta. Miguel Carlos Malavolta Casadei.

SUMÁRIO

Zero 7

Pedro Ferrari **21**

Texaco 25

Leila 29

Dona Maria Adelaide 42

Noticiário 44

Aldo Tarrento **47**

Ciro 58

Padre Remo Amalfi 61

Dueto 66

Noticiário 68

Quatro enxadas **71**

Desatino 84

Noticiário 87

João 88

Honra 98

Chuva oblíqua 103

Messina.. 113

San Giovanni 124

A família Mastrocola.......................... 127

Renzo 130

Immacolata Mastrocola Berti 134

A ópera do demônio 137

A loba calabresa 142

O céu deserto da Calábria 144

Graças a San Cataldo.......................... 147

Viagem 150

A família Ugolini................................. 152

Basilicata 156

Giuseppina... 158

Esconderijos de monges e ladrões....... 160

Tutti maledetti.................................... 162

As difamações da amizade................... 170

Cartas.. 172

Violeta pálida 177

Os colonos...179

Visão de Santana Velha....................... 185

Orozimbo.. 187

Margarida 189

Os pedreiros.. 192

Orozimbo chora 198

Jonas 200

Ângela Balarim 207

O medo tem estômago frio 209

A goiabeira 214

Uomo.. 221

Noite longa 224

Estamos bêbados... 230

Trem de carga 235

Tio Alfredo... 236

Neide Simões... 242

A viúva... 245

Perdão.. 249

Sétimo dia... 252

O boiadeiro Heródoto....................................... 259

O retrato de Bira Simões 263

O ABISMO
PARTE 1

Guardarei todos os segredos com a honradez dum ladrão, é a mais leal que existe.
BALZAC

O estilo provém das ideias e não das palavras.
BALZAC

CAPÍTULO I

PEDRO FERRARI

A Rodoviária de Conchal ficava no meio da praça: dois quiosques com um guichê e uma privada para urina de homem e creolina: para as mulheres havia o Bar do Ciro, onde Laura oferecia toalhas de papel, um luxo.

Movendo o freio de mão, Pedro estacionou a Kombi no outro lado da rua, próximo a esse bar-restaurante. Alguns passageiros descansavam nos bancos da calçada. Surgiu um olho verde no retrovisor e Pedro puxou a chave do contato. De relance o nariz adunco, depois a cabeleira descendo pelo pescoço, o botão da camisa, agora a pele queimada e o cordão negro da medalha. Já fazia calor mesmo sob a seringueira da esquina, embora ainda fosse manhã. A chuva não estragara no tapume o reclame do último rodeio. Os peões de Conchal e do Turvo sempre lideravam as apostas.

Motores rumorejavam, um radiador chiou, o ônibus de São Paulo estava parado entre as marcas amarelas da sarjeta. "No horário, naturalmente", pensou Pedro, aparentando calma. E bateu a porta com violência.

Mas sentiu o medo. Nada afastaria a impressão daquela agulha no estômago: nem o trânsito das bagagens debaixo dos toldos, o bazar, a bomba da Texaco, a visão roxa da glicínia na sacada.

Dando a volta pela Kombi, disfarçava a inquietude, pior era a imagem de repente revelada nos vidros da perua: o rosto vindo à tona, de muito fundo, manchado de vazios escuros. Como quem se joga duma janela, atravessou a rua com o propósito de surpreender Leila.

Imaginou-a de avental branco, servindo os passageiros por detrás do balcão ou nas mesas de madeira nua. Enjoou-o um cheiro de fritura. Longe, ao redor da cidade, os espaços lavados corriam o campo.

— Pedro — disse Leila, e o mistério rondava os arrepios de seu corpo: — Falo com você num minuto.

Pedro comprimiu os dentes: pisava as raízes da seringueira: esfolou-a no tronco e esmagou uma carreira de cogumelos. Porém que força encrespava a terra sob os seus pés? No salto da bota, as ramas se debatiam e se torturavam entre as fendas do calçamento. Leila enxugou as mãos no avental e arrumou os cabelos. Junto a uma das mesas de canto, perto da coluna azulejada, ela atendia a um casal de velhos.

— Não demoro — teria piscado para o rapaz se ele não fosse um Ferrari.

— São pastéis de queijo... — divertiu-se a senhora e abafou um riso para o marido.

Leila disse:

— Temos também de carne. De palmito.

— Eu queria quibe — sugeriu o velho, com algum intento ardiloso. Abriu o paletó e vasculhou os bolsos de dentro. — Quibe com molho inglês.

De que eles riam? "Esses velhos", Leila sentiu os seios contra a blusa. O dono do bar, Ciro, que fora criado pelo avô, queria todos os velhos num campo de extermínio. Inclinando a testa, o homem obtinha um sorriso levemente culpado. A senhora fingia aturá-lo com esforço, entretida no passatempo, aceitando como verdadeira aquela malícia que punha no olhar do marido um brilho meio úmido.

Leila, observando agora o turbante de tricô da passageira, desviou o rosto para a calçada e confidenciou no rumo de Pedro:

— Paciência.

— Não acredito... — expandiu-se a mulher e logo se conteve. — Quibe a esta hora? — a admoestação era terna e falsa. — Só se for um lanche durante a viagem.

Leila espiou o relógio da igreja.

— Então?

— Não reconheço esse peixe.

— É um pintado — esclareceu.

Os velhos pareciam compor uma cena onde exibiam as suas memórias comuns. A bolsa de camurça, os óculos escuros da senhora, as cabeças tocando-se sem pretexto, um lenço de seda, o gesto aberto como o paletó, isso não era apenas uma viagem. Havia no casal não só uma disposição de embarque, mas de retorno, uma liberdade súbita como corrente de ar e o segredo da busca do próprio rastro.

Nem perceberam que Leila se retirava na direção do passeio.

— O ônibus sai em quinze minutos — disse. — Espero você na ponte.

Encostado ao tronco da seringueira, um pouco de suor nas têmporas, Pedro mordia a medalha. Respondeu:

— Certo.

— O peixe tem espinhas? — indagou o passageiro.

— Teve... — Leila conseguiu brincar.

TEXACO

Pedro retardou-se no posto de gasolina. Ante o boxe, onde o lavador manejava a mangueira, procurou um sentido na irisação dos borrifos que se sustinham entre o sol e as nódoas de óleo. A luz, aparentemente íntegra, se desunia e mostrava a sua origem: nossa miséria decomposta, de volta a uma nudez súbita, e servida aos outros nas sete cores da impiedade. Um homem de guaiaca alaranjada contornou o poste para ler o cartaz dum leilão de gado. O motorista acionou a buzina do ônibus. A mão de Pedro subiu pela camisa, passou pelo cordão negro, amarrotou a gola e ali aconchegou o tremor e o frio.

Entrou na serraria de Isidro Garbe.

— Bom dia, Pedro... — Isidro via de perto um calo na linha da vida.

— Bom dia... Meu pai mandou perguntar se o senhor aparelhou os caibros.

— Como vai o Ferrari?

— Melhorou.

— Diga ao velho que eu levo os caibros hoje de tarde. Os tijolos já estão na carroceria. Venha ver.

Andaram por um corredor simulado entre as máquinas até a porta dos fundos. No galpão, zunia a serra elétrica; e pelo cheiro, cortavam tábuas de ipê. À esquerda, junto ao batente, uma escada de peroba levava a um pavimento rústico que Isidro montara sobre pilares de tijolo caiado. Ali era o escritório.

Torcendo a maçaneta e olhando calmamente a escada, Isidro gritou um aviso para cima:

— João. Estou no depósito.

— Sim senhor — resmungou do interior do cubículo uma voz rouca.

Pedro conhecia desde garoto aquela gaiola de teia de aranha e serradura. Possivelmente nada mudara, senão o bloco da folhinha. No teto em declive, duas telhas de vidro lançavam uma claridade suja sobre o cofre, a mesa de ferro e o pedaço de linóleo no assoalho. Atrás da prancha, lá estaria o armário — com uma porção de pequenas gavetas — cobrindo o ângulo das paredes. Na penumbra: o rádio Philco, o caixote de pinho, a almofada de retalhos, o tamborete e o que-bra-luz de latão ao lado do barril. Tocou o telefone. João, arcado sobre a prancha, encostou os lábios no bocal e confirmou uns cálculos.

A porta se comunicava com um dos dois telheiros do depósito. A garagem era logo adiante. Isidro, gordo e de pescoço escondido nos ombros, o jeito descansado e amargo, ia arrastando maravalhas na botina e na barra da calça. Trazia sobre a pele, com o suor, o cheiro da madeira castigada e a sua poeira fina, a resina das horas do ofício. Pararam atrás do caminhão. A aragem mexeu nas ervas que se espalhavam nos cantos.

— Os tijolos da igreja velha... — disse Isidro Garbe e encostou a cabeça na guarda da carroceria.

Não havia ninguém no depósito. Pedro ouviu um estalido de caliça e cascas. O cachorro cego que morava na garagem fuçava os detritos. Talvez uma paz de deserto percorresse com a sua túnica os muros brancos e a copa dos abacateiros.

— Naquela igreja eu me casei. Nunca fui muito de igreja. Dez anos depois, o padre Remo rezou a missa de sétimo dia de minha mulher.

Um balde rolou pelo piso cimentado e o cachorro aquietou-se nuns trapos de estopa. Isidro, sorrindo, acariciava um resto de argamassa.

— Ali mesmo, na pia de batismo, o padre Remo perguntou aos meus três filhos — ainda inocentes — se eles renunciavam ao demônio. Pelo menos renunciaram ao pai.

Demorou no raciocínio, mas trouxe de dentro a verdade que sempre reduzia as coisas a uma visão precisa.

— Nada mais do que tijolos — falava Isidro Garbe.

Devagar, Pedro deu-lhe as costas. Segurou com as duas mãos a fivela da cinta. Claro que entendia o insensato espanto de Isidro ante um trecho de seu mundo, um pouco de sua vida, tornado inútil pela vontade alheia, demolido e posto no mercado das traças. O ressentimento não travava o sorriso de Isidro.

— Parecem de ferro — disse. — Hoje não se fabrica mais isso. O que o seu pai vai fazer com a igreja velha?

Um banheiro, quem sabe? Um paiol? Um muro?

Pedro, após ter esmagado entre os dedos uma flor pálida (anônima e murcha), jogou as pétalas no ar. O cachorro cego suspendeu o focinho na direção do vento e agitou a cauda.

— Um muro com cacos de vidro... — prosseguiu o homem. — Apresse o Ferrari, rapaz. O padre Remo ainda não vendeu os vitrais.

Pedro afastou-se. Isidro pegou no chão um arco de ancorote e bateu com ele na argila morta, simulacro de sino.

— Apesar de tudo, parecem de ferro.

LEILA

Leila tirou o vestido e a calcinha. "Hoje a Laura morre de inveja." Levantando os braços, inteiramente nua e movendo-se sobre o estrado, girou o corpo, examinou-se no espelho da pia. "Que sorte... Não aguento." As axilas estavam lisas, afiara a gilete dentro dum copo e por pouco não machucara um dedo: agora a garganta oferecia-se a mordidas imaginadas. "Laura, me fale, será que um dia ele pode gostar de mim?" Arrepiou-se de novo, a água tocou-lhe a penugem da nuca, ia escorrendo pelos ombros. "Não sonhe... Basta o tesão, minha filha. E tesão com tesão se paga..." Insinuava-se em Leila uma curiosidade angustiada, imagine, "um Ferrari", recordava a primeira vez, com um capataz, na cabina dum caminhão de Rancharia, ninguém pensou em desligar a moda de viola do rádio, um caso de traição e sangue, mais o estouro duma boiada, e ela, um misto de confiança e derrota. Com os cabelos, soltou também a risada. "Laura, sua suja."

Erguendo-se na ponta dos pés, "logo quem", molhou outra vez o sabonete e lavou-se entre as coxas, "a bundinha mais visitada de Conchal." Recolheu a espuma no ventre e no colo: virou-se de costas, o corpo torcido: enxugou-se numa toalha de rosto: depois, apressando-se, trouxe da bolsa um frasco meio aberto e a calcinha de crochê, a de mostrar os pelos. "Não adianta, Laura. Eu me sinto gostosa." De saia curta, amarrou as abas da blusa acima do umbigo: escovou os cabelos e prendeu-os com uma fita de cetim, que laçou por baixo. "Pronto."

Leila correu o esfregão nos ladrilhos, embrulhou na toalha a calcinha usada e enfiou-a na gaveta do armário, com o sabonete e a bolsa. Não esqueceu a gota de perfume na palmilha de cada sandália.

— Então, Laura?

— Meu Deus... Que charmosa.

— Não caçoe. Eu já vou indo.

— Noivinha. Noivinha.

Aproximaram-se aos cochichos, rindo muito. Laura acendia na cara engordurada um despeito cheio de conselhos e censuras. Leila insistiu:

— Você me garante?

A outra, sempre mastigando alguma coisa, agora um caroço de azeitona preta, colocou o dedo no decote de Leila e suspirou:

— Deixe comigo.

— Pare, Laura.

Com a partida do último ônibus da manhã, o Bar do Ciro entrava numa hora de calmaria, quando o movimento quase se limitava a café e cigarro. As garçonetes podiam reatar o estudo da fotonovela e ouvir despreocupadamente os pedidos de casamento dos bêbados mais possessivos.

— Se o Ciro aparecer para limpar a caixa e encher o saco, você inventa que eu morri — disse Leila.

— Nenhum patrão acredita em morte de empregada sem aviso prévio. Eu ajeito as coisas. Pode ir *com uma condição*.

— E vem você...

Largando o pano em cima duma banqueta, a malícia espiando pelas pálpebras, Laura pesou o caroço na língua e afagou a cabeleira acaju com um ar de pin-up girl.

— Tem que me *confessar* tudo depois.

— O que é isso, Laura? — retorceu a boca entre o riso e o espanto.

— Boba, depois eu absolvo sem penitência.

— Sua curiosa... — expandiu-se com vaidade e propôs as belezas pandas.

— Curiosa não. Tarada... — Laura cuspiu o caroço na gaveta da registradora. — Enquanto você se vira com um boy dos Ferrari, benza Deus, eu fico aqui vendendo salame.

— Ciao.

— Como será que rico fode? Eu falo alto quanto eu quiser — pegou Leila pela cintura e subjugou-a com agrados e palpitações. — Me respeite. Me disseram que eles tomam banho antes e começam a se lamber já no chuveiro — tampou-lhe o ouvido com o bafo das carências e o modo de aplacá-las. — E o Ciro que não se lava nem depois? — trocaram as últimas cócegas e riram com cuidado.

— Ciao. Ciao. Ciao... — Leila escapou.

— Bom proveito, menina.

Antes de desaparecer na rua, acenou sem voltar o rosto. Laura acompanhou-a com o olhar azul-aquoso. Tomou um café: errou na dose de açúcar: droga.

A Kombi já estava na ponte. Instintivamente, Leila passou a andar mais depressa. "Noivinha..."

— Oi... — cumprimentou ofegante.

— Bom dia — ele disse. Pela cerimônia se guarda certa distância, pensou Leila. Ora, até um Ferrari pode ser tímido, ela sorriu. Leila olhou a velha casa na colina, isolada da cidade, com o muro esverdeado e o quintal de mangueiras onde se iniciava a estrada da ponte. Havia o poial em ruínas e primaveras cor de vinho no portão. Quem chegasse de ônibus, pelo asfalto, não veria do outro lado a casa e suas sombras.

— Ninguém sabe de nada — sussurrou Leila para quem o mistério jamais deveria faltar a um encontro.

Pedro virou a chave.

— Vamos.

— Não me leve muito longe.

Sentando-se, logo estendeu o corpo. A minissaia de linho já descobria a pele dourada das coxas. Tinha o vento nos cabelos escuros e expunha ainda na nudez dos ombros, apesar do sol, um sobressalto de manhã nevoenta. Depois, cruzou as pernas, equilibrando a sandália de tiras trançadas.

— Você não liga o rádio?

— Não faço questão. Eu ligo se você quiser. Eu me distraio com a velocidade.

— Hum — omitiu-se Leila, felina e compassiva.

Pedro acrescentou:

— Mas não com a Kombi.

— Eu sei. Você guia sempre aquele carro vermelho. Esperei que viesse nele.

Os campos se alongaram na paisagem de vidro. Os pastos tremiam sob a poeira amarela do para-brisa.

— O Aero-Willys — disse Pedro. — Faz diferença?

— Não.

Pedro apertou a tecla das ondas curtas.

— Tom Jones.

— Eu adoro Tom Jones — comoveu-se Leila e a saia subiu racionalmente.

— Make this heart of mine smile again.

— Lindo.

— Você compreende?

— Não. Acho que isso não tem importância.

Pedro procurou com a ponta dos dedos o calor macio das coxas. Leila aconchegou-se, desprotegida. Havia o suor de Tom Jones na pele da canção. Atrás, a cerca de arame e os bois no valado. Ia a perua agora por um caminho de grama calcada. As cristas da samambaia acolchoavam de verde e cinza as rampas e as veredas ocultas.

— Pedro, vamos indo muito longe.

— Não se preocupe.

— Vamos para a sua fazenda?

— Eu não tenho nenhuma fazenda: é de meu pai: você vai gostar.

— Claro. Estou com você.

— Então o lugar não interessa?

— É o de menos.

Leila mostrava a calcinha de crochê. A mão de Pedro deslizou pelo ventre, apalpando a umidade tensa, e se deteve na concha escura e crespa. Leila, mordendo-o na orelha, desatou uma alça da blusa.

— É onde você leva as suas meninas.

— Quem disse isso?

— Ninguém: eu tiro uma linha: ando pela cidade: sei que você tem tantas amigas.

Lá embaixo, após o despenhadeiro onde brilhavam as samambaias, a planície desdobrara um lençol azulado. Pedro beijou-a na boca.

— E o dono do bar?

— Você sabe: é difícil um emprego na cidade: mas o Ciro prefere a Laura.

— A Laura? — ele se perturbou e pensou em roer as unhas. — Não acredito que o Ciro prefira a Laura.

Com espontaneidade, manobrando a inocência, Leila indagou:

— Mas por que isso, meu Deus?

Tom Jones calou-se. Pedro apertou o botão.

— Já vi que você quer com a luz apagada — ela tentou com êxito a inteligência gestual.

Pedro lembrou, gravemente, uma tirada de novela de rádio:

— O silêncio é a face oculta do escuro.

— Ou vice-versa... — Leila acompanhara a novela.

Riram. Um seio estremeceu na mão dele. E só ali, no antegozo, a inocência ainda perdurava como num fruto que se apanha dentro da sombra. Surgiram as campânulas no alto do barranco. Pedro diminuiu a marcha por causa da erosão na estrada. Leila disse:

— Eu devo o meu emprego à Laura.

Então não deve nada, a paisagem trepidava no retrovisor. O emprego foi a isca e a Laura a vara de pesca, ele disse, e por um momento seguiu o nobre voo duma garça, ela desapareceu sob o céu cru, para os lados do Turvo. De repente, em cada margem do caminho, os canaviais da Barra Grande ondularam até encontrar os arames farpados de Bento Calônego. O Ciro não te incomoda de vez em quando? Sentia-se com o pó o cheiro do melaço e do carvão. Só quando aumenta o salário, ela ergueu um joelho e ali repousou a têmpora absolvida. Eu nunca tive escolha, isso lhe purificava o olhar; mesmo assim, escondeu-o. Um peão da usina puxava pelas rédeas um baio de crina branca e andadura nervosa. Como você se arruma com aquela barriga de cerveja? Não fosse o bar, meu amor, eu estaria na enxada, ou na Leni de Santana Velha.

Um galho de leiteiro esfregou-se na capota da Kombi. Inquieto, Pedro insistiu:

— Não consigo entender como você topa aquele cara — e o rapaz, agitando a cabeça, jogou os cabelos para a nuca. — Ficou triste? — manejou a alavanca do câmbio para o ponto morto, puxou o freio e desligou o motor.

Leila encostou o dorso da mão na braguilha.

— Tristeza tem hora... — disse e escorregou o dedo por baixo, entre os botões.

Pedro esquivou-se.

— Chegamos — avisou.

— Aqui?

Saíram da Kombi. Pedro tirou as botas e a camisa. Leila, puxando a blusa por cima e desvencilhando-se da saia, ficou de calcinha. Atrás das pedras, abrindo uma fenda no barranco, estava um trilheiro liso e sinuoso, quase oculto nas ramas, e por ali os dois começaram a andar com o corpo meio curvado. De mãos dadas, pisavam o musgo, esfregavam-se em línguas-de-vaca, iam afastando folhas de taioba, agora os galhos dum espinheiro. Surpreendentemente, o que se supunha ser um mato muito denso logo se acabou, e o Rio do Peixe se esparramava diante deles, verde e transparente, entre bancos de areia.

— Uma praia! — gritou Leila. — Um anu-preto.

A agilidade do anu assemelhava-o a um gato. Sob a copa dum jatobá, Leila aproximou-se dos espelhos sombrios. Depois, simulando frio, correu para o sol. Pedro não a esqueceria nunca mais. Aquelas águas só encontrariam as do Turvo abaixo da Barra Grande. Leila enrolou a fita de cetim e enfiou-a numa sandália. Experimentou as águas com as unhas vermelhas. Pedro deitou-se de costas na praia, fechou os olhos, agarrava e ia soltando o punhado de areia. "É agora."

O pensamento, como que rasgado em tiras, flutuava pelos becos da memória, tonto, ao lado dum destino grotesco que arrastava no ar a risada duma puta, a cortina de chitão estampado, o retrato dela em cima da penteadeira, o edredom cor de rosa (Jesus), a guarânia colada ao escuro (Maria), o abajur de papel crepom

(José), a caña paraguaya (rogai por nós), o grito da intimidade atrás da parede e o talco na pele gotejada. Era agora.

Tinha a puta uma cara saciada: as meias de nylon: e o papel higiênico embaixo do travesseiro. "Cem cruzeiros pelo programa. Onze o uísque. Meu amor."

O medo, que sempre se antecipava a cada episódio de suor comum, e que Pedro carregava consigo ao longo da noite, ficara na copa, sob o olhar vítreo do veado que servia de garçom e ganhara um concurso de escultura em maionese. A rosa murchando no vaso. "Venha..." Os recantos amarelos do quarto.

— Pedro.

Ele acordou com o barulho da água, não abriu os olhos, ela afundou os joelhos na areia, beijou-o no peito e na garganta, então a água no rosto, os lábios dela foram descendo até a braguilha da calça amarrotada. "Que foi?" Leila brincava de desabotoá-la com os dentes. Pedro se despiu e entrou na água. Com o rio pela cintura, ela enlaçou-o.

"Vamos meter e você nem perguntou o meu nome."

"Esse uísque..."

"É Diva."

"Nome de guerra?"

"Isso eu não conto."

"Desculpe. Não tive a menor intenção."

"Eu sei."

"Você sempre morou em Santana Velha?"

"Só alguns anos. Tiro a pulseira?"

Jogaram-se na cama. Depois de atiçar com a boca

e a saliva, sem resultado, Diva deitou-se de flanco e esperou.

"Como você quer?"

Demorou a língua na coxa de Pedro. Virando-se, com a nádega ao alcance dos lábios dele, tentou o dedilhado.

"Responda, benzinho", a pulseira brilhava no cone de luz azulada que ia escapando do abajur. "Pode escolher. Eu faço tudo."

Pedro abraçou-a fortemente e sentiu no mamilo o beijo enervante. Agora, resvalando pelo pescoço, as unhas pintadas faziam o gozo fluir sob a pele.

"O que você quiser", ela sussurrava.

Diva cavalgou-o no ventre e alçou o meio do corpo, confiando nas virtudes do furor. Desanimada, caiu de bruços.

"Não adianta", constatou.

Sentando-se no edredom cor de rosa, dobrou as pernas e descansou o queixo em cima dos joelhos. Com o gesto impreciso de quem não se aflige nunca, puxou um cigarro do maço e fumou-o até o fim.

"Eu não vou cobrar nada. Pague só o uísque."

Mas Pedro já amassava a nota sobre o criado-mudo, generosa e terminante, enquanto Diva punha um roupão bordado, de seda, e dava corda a uma caixinha de música. Ele ainda ajudou-a com o fecho da pulseira. Iam rolando pela praia, no corpo o suor e a areia. Leila sacudiu os cabelos.

— Você me despreza tanto assim? — e chorou.

— O que é isso? — Pedro falava suavemente.

Iolanda torceu a boca: empurrou-o para fora da cama: tapou o pentelho: cuspiu no tapete o vermelho do batom.

"Se estava sem vontade por que me tirou da sala? Quero o meu dinheiro", exigiu a mulher e pisou no acolchoado que Pedro arrastara ao sair. "Vou dar o maior escândalo."

Iolanda chutou um pé de sapato contra a porta do guarda-roupa e outro para baixo da penteadeira. Bufou:

"Ninguém empata o meu tempo", achou o sutiã.

"Quem te disse que eu não pago?"

Moderando-se, a menina olhou de viés e, entretida, dependurou uma toalha de rosto acima do umbigo. Era a melhor puta da Leni e só entendia como ofensa um broxa no seu quarto.

"Eu estava a fim de trepar", fingiu com rispidez. "Você me chama e depois não quer nada."

"Tome o seu dinheiro", disse Pedro. "Isto paga o programa e a cerveja."

Iolanda escarneceu:

"Que programa?"

"Não discuta e enfie logo no rego."

"Porra. É pazzo."

— Não sei de que você tem medo... — ressentia-se Leila, e procurava a calcinha na praia. — Já fiquei grávida uma vez e não atrapalhei a vida de ninguém.

Estranhamente, Leila se lembrou dum polaco magro e albino, meio corcunda, mais baixo do que alto, que pranchara na arena ao primeiro solavanco dum zebu no Dia da Pátria. De colete com franjas, lenço no pescoço, fivela de frigideira e chapéu de barbicacho, ele a seduziu no bar com um movimento do queixo. E sem tocar-lhe um dedo, arrastou-a para os matos de Bento Calônego. Aboiando, ocupou-a pelos dois lados, estaria a lua sangrando entre as hastes do capim? Cavalgou e domou como um louco, a noite inteira, o olhar meticuloso e voraz, conseguindo ali o que não tentara no rodeio.

— Pensa que vou complicar o teu noivado... — bateu com raiva a porta da Kombi e encarou Pedro vingativamente. — Você já trouxe a Helena aqui?

Mas a paisagem se estirava em torno dos socavões; e um bando de paturis, gritando, passou pelo alto duma caroba, ao fundo uns laivos de vermelho e azul. Despencando na orla do vale, ondas de samambaia derramavam entre as pedras o seu silêncio verde. Leila abrandou o modo:

— É tão bonita a Helena.

Ao vestir-se, recobrou vergonhas antigas. Pendeu a cabeça e encolheu-se no assento para não ver o Rio do Peixe e os paturis. "Noivinha..." Como suportar a gargalhada de Laura? A caçarola chiando insistentemente, e atrás do vapor a cara de Laura, o olho redondo e aguado, "bom proveito", a gorda máscara de creme escorregando na sopeira de louça. "Estou tarada..." Os cabelos no caldo do feijão preto, e na caverna da boca, alumiando desejos escuros, a labareda do fogão a gás. "Então, Leila?"

— Pedro... — não seria capaz de fitar um Ferrari.

Demoraram na ponte.

— Você me faz um favor?

— Pode escolher — ele cerrou os dentes. — Eu faço tudo.

Diante deles, no topo da colina, a casa oferecia um estreito portão de ferro enferrujado e, ao lado, no arco da porteira, as primaveras cor de vinho.

— Qualquer dia, se der certo, você me leva no carro vermelho?

Como Leila tentasse sorrir, Pedro sentiu nas têmporas o peso desse pobre pedido.

— Sim — prometeu. — Qualquer dia.

DONA MARIA ADELAIDE

Depois, viu-a seguir pela estrada da ponte, a saia franzida para cima e as coxas ardentes. Ela refez na nuca o laço do cetim e parou junto ao muro da casa na colina, úmido e esverdeado, onde, voltando-se subitamente, acenou um adeus já longínquo. Ela era muito linda, porém o rapaz se aquietou, e as mangueiras do quintal a acolheram na sombra.

Pedrinho, gritou uma mulher desgrenhada e trôpega, de lábios roxos, Pedrinho, sem os dentes da frente, riscando a poeira no vidro do carona com a mão astuciosa. O seu pai já morreu?

Não, irritou-se Pedro e se conteve, fez deslizar o vidro antes que a mulher o trincasse. Não morreu, dona Maria Adelaide.

Sonhei que um cavalo arrastava Atílio Ferrari pelo estribo até a ponte do Turvo, era grisalha e imunda, usava um vestido de algodão preto, descorado, anáguas de bainha esgarçada, um avental xadrez — de bolso — e enfiando o rosto na janela, sem pudor, enrugou num sorriso a pele de violeta seca. O cavalo pisoteava o Atílio: tanto sangue no caminho: era muito bonito.

Empinava e relinchava, ia socando os cascos e repartindo no capim a ossada e os miúdos.

Foi só um sonho, dona Maria Adelaide.

A perna continuou presa no estribo e seguiu embora com o cavalo. O que sobrou daquela vida foi rolando por um barranco do Turvo. A velha alçou um gemido de carpideira e suspendeu os punhos, afastou-se da Kombi, estava descalça e seus pés — de unhas espessas — deformavam-se entre os facões da terra solta. Ainda que relutante, como se não aguentasse mais a carga de seu mistério, deu uma volta em torno do carro. Então, Pedro viu crispar-se nas mãos dela o gesto da artrose, as garras agourentas.

Até logo, dona Maria Adelaide. Preciso ir.

Espere, Pedrinho. Escute. O seu pai esqueceu isto aqui comigo há trinta anos. A velha remexeu no bolso do avental e, como num aborto a frio, os olhos foscos, mortos, foi puxando, uma a uma, quatro mangas podres e lançou-as ao colo do rapaz.

Obrigado, dona Maria Adelaide. Boa tarde.

Alta e descarnada, teria sido vistosa, a velha se encaminhou para a colina e sentou-se com dignidade na borda do poial de sua casa. Apertou as têmporas com as mãos e, olhando ao redor, lentamente, chamou-se a si mesma, muito baixinho, Maria Adelaide, Maria Adelaide.

NOTICIÁRIO

Na *Gazeta de Conchal*:

"Morreu o violeiro Aldo Tarrento."

"Vendem-se dois arreames da Selaria do Carmo, de Pratânia. Acompanha um pelego de carneiro; e de brinde um cantil forrado de camurça. Tratar com Vitório Bergamini."

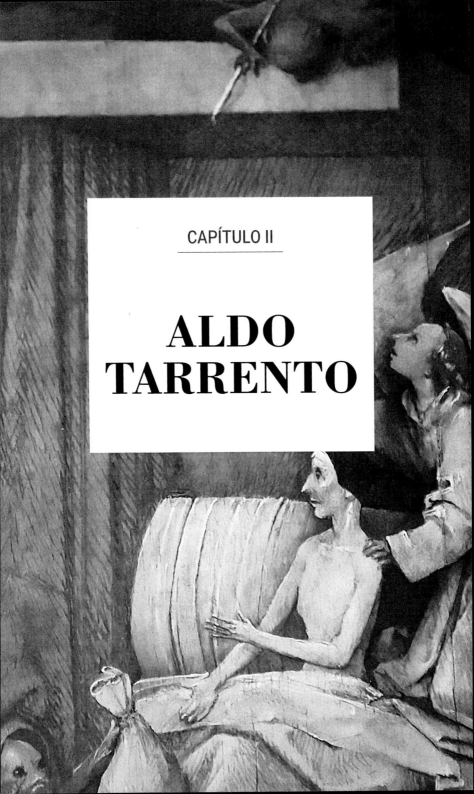

CAPÍTULO II

ALDO TARRENTO

Durante a chuva que varou a madrugada, morreu Aldo Tarrento, o violeiro de Conchal. Ninguém resiste à morte, já declamara do púlpito o padre Remo. Porém, Aldo Tarrento não resistira à velhice. Quase sempre encolhido no catre, entre a parede e a pilha de lenha, a ele destinaram não um asilo, mas um depósito: o cômodo do despejo. Lá, e no fundo do quintal, ele passeava o seu cheiro a amoníaco — o rastro ardido dos velhos — e escarrava no piso atijolado sem que a família se incomodasse tanto. Antes do derrame, ele tinha a voz mansa para convocar os filhos: "Antônio. Alfredo. Deolinda." Voz de terço: "Neste vale de lágrimas." Própria para toada à beira-fogo: "Quando ele dorme em cima do baixeiro."

Morreu Aldo Tarrento. O filho, com quem ele morava na Rua Gorga, atrás do Hotel dos Viajantes, admirou-se ao ver pela manhã que o depósito não viera abaixo — apesar da chuva. Ao longo da noite, com medo da trovoada e do demônio, sentindo no peito uma palpitação, "Nossa Senhora das Dores", a mulher benzia-se, "Antônio, esse vento me mata". O marido também se assustara, "chuva não quebra osso", mas aproveitou o escuro para virar o travesseiro e enxugar na fronha o suor da nuca. O pavor não tem ponteiros fosforescentes.

A carne de Aldo Tarrento enrijecera sob a coberta. Juca, que aos oito anos não suspeitava da morte, trouxe-lhe depois a caneca e a ponta do pão-bengala. A tempestade despencou a noite inteira, rugindo na serra e na galhaça do arvoredo. Disseram que em Santana Velha rodou o pontilhão da Vila dos Lavradores. Enumeraram danos e desastres no Bairro Alto e na Estação da Sorocabana. Em Conchal, e até na sede de Bento Calônego, pela fresta de muita porta alastrou-se a lama do Turvo e do Peixe. "Bom dia, nonno..." Era o Juca, vindo com a manhã.

— E o Juca? — gemeu a mulher com o primeiro estalo e a centelha na vidraça.

Antônio sentou-se na cama. Disse:

— Não lembro se fechei a cozinha ontem.

— Jesus. Maria. José.

O homem tateou às cegas.

— Já vou olhar o menino... — dando com a pera do interruptor a balançar rente à parede, pressionou o botão. — E agora? Estamos sem luz... — procurou os chinelos no tapete de couro trançado. — Não acho.

A mulher, ajoelhando-se ao lado da cama, ajudou-o. O vento forçara a porta do depósito, deslocando o ferrolho; e a chuva, indo amortalhar o corpo do velho, encharcou-lhe o catre e a baeta rala. "Nonno..." Juca ainda desconhecia os mitos da Cordilheira do Peabiru e de Conchal. A viola de Aldo Tarrento, e as mãos do violeiro, por onde o maracatu estourava e a moda sucumbia, viajeira, mas de chegada, formavam uma dessas lendas. O menino encontrara no assoalho da sala, numa sexta-feira de limpeza à cera e a esfregão, uma unha de cotia. Não lhe disseram que aquilo servia de palheta ao violeiro.

Sem saber o que era nostalgia, faltava a Juca,

naturalmente, paciência para fotos. Este é Aldo Tarrento com a viola ao colo: ele monta um rosilho da fazenda dos Ferrari e traz na garupa a Conceição do Turvo. Cortadeira de cana, a Conceição pespontava camisas de saco de farinha de trigo e trançava crinas para rédeas. Imagine, o magrinho da porteira é o Ciro, dono dum botequim na Rodoviária, muito sério nessa tarde, devia estar caindo de bêbado. A porteira é de cedro-rosa.

O menino dormia serenamente. Antônio acendeu o cigarro na cozinha e foi para a sala de jantar. Na porta da frente, o rolete de pano com areia calafetava a fresta acima da soleira. A chuva batia nas venezianas, esfarelando as gotas que, sem transpor as tabuinhas, iam embaçar a vidraça. Antônio suspendeu a gola do pijama. Os relâmpagos, num jato descontínuo, iluminavam sobre a cristaleira uma fotografia do pai. Na parede, atrás da moldura dourada da *Santa Ceia*, as palmas do último Domingo de Ramos.

Voltou à cozinha. No alpendre, o capacho de fibra de coco estaria empapado. Ligou o interruptor do banheiro. Ainda não havia luz. Outra faísca. Viu pelo vitrô a chuva e os mamoeiros fustigados. O pequeno calor que o cigarro punha em sua mão, confortava-o. Certamente a água invadira a área dos fundos e sujara os ladrilhos. Fumava, atento ao ruído dos pingos na latada. Nenhuma goteira. Além dos mamoeiros, o cômodo arruinado do depósito.

— Antônio.

Sofreu um calafrio.

— Que foi?

O passo ressoou no soalho. Varando com lentidão o reboco, a água se espalhava nos cabelos do velho, contornava os olhos vazios, ia escorrendo como resina. A cada centelha a água minava do rosto parado. Antônio apagou o cigarro no cinzeiro de vidro grosso.

— Tudo bem.

A mulher perguntou se Juca se agasalhara.

— Não se preocupe.

— Meu Deus. Esse vento.

— Durma.

Antônio puxou o cobertor até ao queixo e tentou dormir: estava com os joelhos trêmulos: a mulher virou para o lado dele o hálito ruim. Sonhando, Juca falou: "Nonno..." O vulto se esfumava no desvão entre a parede e a pilha de lenha. A água que se fizera grisalha na cabeça do velho Tarrento, também suor pesando-lhe nos cabelos, colava-os ao travesseiro: ali o rosto sumido e os olhos no invólucro duma sombra manchada.

A mulher soprou a nata do leite.

— Dormiu bem?

— Sim senhora.

— Hum. Nem percebeu a chuva.

— A chuva?

Antônio tossia ao escovar os dentes. Juca deixou o café do nonno no piso molhado, perto do catre, com o pão em cima da caneca de ágata. Ajeitando na cabeça o bibe azul, pegou pelo tirante a mochila do Grupo Escolar: correu para o portão: saiu mastigando as migalhas da broa.

— Ciao.

Aldo Tarrento sempre tocou viola. Porém, disseram que numa noite, após sete copos dum carrascão das vinhas de Ivo Domene, o violeiro acordou com uma *presença* no peito, um peso súbito e enrodilhado — uma cascavel inconha — de quatro olhos e dois guizos. Prolongadamente, ele reteve debaixo da pele os fluidos do espanto e do medo, disseram, até que o réptil desaparecesse no capim, então o orvalho já ia secando pelo campo. Depois disso, vibrando no oco de sua alva camisa, junto ao patuá da garganta, não havia o que uma viola de pinho não fizesse por Aldo Tarrento.

De blusão, por causa da friagem, Antônio desceu a escada do alpendre. O ar lavado estimulava-o. Ao longe, na encosta, o casario da vila fundia-se ao que restava do nevoeiro. Enquanto as folhas gotejavam, Antônio adivinhava nos recantos podres os cogumelos, o bafio, o musgo das pedras úmidas. Pisando na terra que se espraiava fora dos canteiros, pensou no prejuízo. A cerca de balaústre tombara, arrastando a trepadeira. Após a enxurrada, a areia da rua se acumulara no corredor e entupira o ralo. O zinco do viveiro, arrancado, escalavrara a caiação do muro. Os coelhos de Juca fugiram. A água se empoçara na porta do depósito. "Diabo..."

Antônio aborrecia-se. Os coelhos eram vorazes.

Mas não foi uma cascavel, também disseram, a cobra que temperou os nervos de Aldo Tarrento. Imagine, chapada de Bento Calônego, só podia ser urutu. Esqueçam o carrascão de Ivo Domene: era aguardente da Barra Grande: a lua não deixou de bater e rebrilhar na garrafa, enquanto a cobra deslizava pelos dedos do violeiro. Ele estava num jirau, tarde da noite e, ao reapertar o nó duma embira de pindaíba, a urutu descaiu dum cipó, enroscou-se num braço, depois no outro, uma perna, depois a outra, e começou a descer pelo tronco da caroba, bem devagar, até sumir no chão esquerdo.

Antônio foi olhar a folhagem na latada. O vento, que chegando do Turvo adejava a copa dos mamoeiros, trazia-lhe o cheiro da grama saciada. No chão, raízes e cacos. Muito estrago na horta. Caiu o suporte dos tomateiros. Ali estavam os coelhos. Tinha já Antônio as solas enlameadas. "Sim senhor..."

O vizinho:

— Bom dia, Antônio.

— Bom dia.

— Como vai o velho?

— Que chuva.

Marcaram sábado para consertar a cerca.

— Você viu?

— Andou correndo telha.

— Bom. A gente combina.

— Homem.

Arame farpado e mão de obra. Rachariam a despesa meio a meio.

— Disponha.

— Até logo.

Por ter sentido vontade de fumar, Antônio retornou contornando as poças. Na cozinha, encheu uma xícara de café. Colocou o cigarro na boca. Antônio sempre se distraía vendo a fumaça. Importunava-o saber alagado o piso do depósito, represada a lama na baixada da frente. Pôs o regador dentro do tanque: pegou os coelhos e levou-os ao viveiro: entrou no depósito com muito cuidado.

— Pai.

Na volta:

— O velho morreu.

A mulher decidiu que só mandaria tingir o vestido verde.

— Qual?

— O de gorgorão.

Foram ao cômodo: era necessário desentulhá-lo. O corpo, ao ser deslocado para o canto, revelou na sujeira mofada o seu cheiro, que por um momento insistiu, errante, despertando o que havia de morto no ar. Jogaram os trens no quintal, com o catre e a roupa de cama. Antônio improvisou uma esteira de paus de lenha na baixada. Arejado o depósito, a mulher fez que enxugou o piso. No chão de tijolo, para estender o velho na postura cristã, quebraram-lhe as juntas. Antônio derramou o álcool na bacia de alumínio. A mulher trouxe retalhos de pano limpo.

Antônio disse:

— Avise o Alfredo.

Avisado, Alfredo chorou. Os irmãos se abraçaram diante do cadáver.

— Se Deolinda estivesse aqui...

— Seja forte, Antônio. Agora eles estão com Jesus.

— Sim. E a roupa?

— Eu arranjo o paletó.

— Alfredo, ando mal de vida. Posso ceder uma calça e uma camisa.

— O pai nunca foi de luxo. Eu dou um par de meia.

— Claro, o sapato...

Mas a mulher lembrou que defunto não carecia de sapato. Quando Juca veio da escola, o tio Alfredo acabava de raspar a barba do nonno à navalha. O menino tirou o bibe azul e ajustou-se, sem perceber, ao mistério das coisas e a seu traiçoeiro silêncio. No coradouro, agitaram o tapete quase que sem ruído. Solenemente, empurraram as cadeiras e um pufe contra a parede. Esconderam a vitrola num toalhado da Semana Santa. Torcendo o pegador da cremona, com um estalido profano, fecharam só meia veneziana. Mesmo usando nas lágrimas um lenço de cambraia, ou o barrado do avental, as vizinhas acudiam com presteza e experiência. O morto foi recebido na sala de jantar.

Teriam avisado Jonas Vendramini em Santana Velha? Atílio Ferrari? Balarim? Losso? Calônego? Losi? Morreu Aldo Tarrento, anunciava o alto-falante da Praça da Matriz. As mulheres iam escolhendo as flores no tanque de lavar roupa, tinham a prática da compunção e, trocando espinhos entre si, veladamente, sabiam como ferir com ternura e injuriar com piedade. Agora recordavam o Ciro da Rodoviária. Não acredito que você ignore tanto assim a história de nossa Conchal. Duma feita, Aldo Tarrento fez a Conceição do Turvo banhar as partes numa tigela de chá de barbatimão para enganar o Ciro. Aprenda, minha santa, chá de casca de barbatimão fecha até a xoxota da Mazé do Volga. Meu Deus, que exagero. Pois a Conceição, prenhe do violeiro, casou com o Ciro e morreu de parto. Me segurem, acaba de entrar na sala Jonas Vendramini. Alguém aqui precisa de barbatimão?

Com humor onírico, e certo alvoroço, suspiravam pela fortuna do belo Jonas Vendramini, dono da Fazenda Santa Marta, alto e aprumado, viúvo, mas beirando já os setenta anos e com o testamento pronto. Lá estava ele, silencioso e adunco, de terno cáqui, gravata, colete preto, as pálpebras descidas sobre o olhar cinza. Não esqueceria nunca um peão como Aldo Tarrento. Com esforço, e a partir dos despojos que pareciam perder peso no caixão, ele conseguia recompor os traços do violeiro. A voz mansa para ralhar com os meninos: "Antônio. Alfredo. Deolinda." Chegava a ouvir uma toada: "Quando ele dorme em cima do baixeiro." Mas isso não significava salvar um homem, ou tê-lo resgatado antes da velhice degradante. Impossível recuperar quem se afunda num precipício com uma culpa amarrada aos pés.

— Juca... — sussurrou a mulher.

O garoto, fascinado pela goteira das velas em cada castiçal, aceitava o torpor.

— Meu querido, já se despediu do nonno?

Ivo Domene veio de São Roque e chegou com Calônego e Bepo Campolongo. Os alunos do Grupo Escolar formaram fila.

O tio Vitório se descabela e chora mais do que o papai e o tio Alfredo. Posso ir para a fila, tia Milu? Atados nos cantos os panos da cortina, as argolas de pinho sempre enroscam no arame, desenha-se o vão do quarto de dormir, eu tenho medo, e uma lágrima do tio Vitório desponta no queixo retraído, contorna a verruga e some no colarinho da camisa Giannini. Use o lenço, Vivi, socorre-se mamãe do apelido infame. Tem o lenço o debrum preto do luto. Vou para a fila, oi, Juca, os outros meninos se afastam, pêsames, e me cumprimentam com uma inveja fraterna e constrangida.

CIRO

Na hora do enterro, Ciro dispensou as garçonetes, se quisessem ir, podiam picar a mula, era feriado em nossa Conchal, tomassem um banho e pusessem um vestido de meio-luto, ele sorriu por mero descuido, incapaz de ironia, e nem precisavam voltar de noite. Fariam a limpeza pela manhã, *quando a dor tivesse serenado*, ele se surpreendeu com o pensamento involuntário, depois irritou-se, parecia confuso e perdido em seu próprio bar. Entretanto, as cadeiras já estavam empilhadas. Trancou o janelão, ciao, a porta de aço, ciao, desligou o rádio e as lâmpadas.

Largou as sandálias no corredor, desafivelou a cinta, puxou-a com raiva, e foi tirando a roupa a caminho do banheiro: jogou-a no balaio. Gordo, uns fios grisalhos disfarçando a calvície, ele ensaboou a barba, raspou-a à navalha e entrou no chuveiro. Envolvendo-o o vapor, ele urinou no ralo e gastou na pele uns restos de sabonete. Ao sair do box, começou a suar. Demorou-se diante do espelho, esfregando álcool no rosto, na nuca e na garganta. Manteve os olhos cerrados até a ardência diminuir. A não ser os pés, nunca se enxugava. Pisoteou a toalha imunda. Não era a água do banho que lhe escorria pelo cachaço: era o suor.

No quarto, julgou ter esquecido alguma coisa. Não. O que poderia ser? Laura arrumaria tudo. Olhou atentamente a garoa na vidraça. Balançando o ombro redondo e peludo, vestiu uma camiseta e um calção. Duraria pouco o cheiro do sabonete. Achou as sandálias no corredor. Agora, no estrado, atrás do balcão-frigorífico e da balança Filizola, ele sabia que deixaria de suar depois da terceira cerveja. Sentou-se a uma mesa de canto com a quarta e a quinta. Beijava a espuma na caneca de louça. Lembrou-se. Morreu Aldo Tarrento.

Só os que lhe pediam fiado falavam pelas costas. Ninguém como os bêbados para tresandar sarcasmo. Não é à toa que cerveja tem cheiro de vômito. Eles saíam do embotamento alcoólico para a avidez do segredo a ser partilhado em voz alta. Logo, com o gesto de esmagar uma ponta de cigarro no ladrilho, sob as alpargatas, não contendo no queixo a saliva obscena, acabavam com uma reputação. Ciro destampou a oitava cerveja e encheu a caneca sem se importar com a espuma. Caminhou até a porta fechada. Quando desconfiou de Conceição do Turvo, era tarde, estava estabelecido e viúvo, tinha uma freguesia para servir e um dinheiro a zelar. Esmerou-se em beber. Aqui não se faz fiado.

Por que não se divertiam com o fantasma de Ester? "Silêncio, silêncio, olhai o Sacrário..." Apesar de reger o coro da Matriz de Nossa Senhora das Dores, a diáfana e suave Ester fugira no trem noturno — nunca se descobriu com quem — e um dia voltou para morrer queimada na Estação. Ester nos mostrou as portas do inferno, gritou o padre Remo e sacudiu o púlpito de cedro lavrado. Um pecador murmurou do lado de fora, a Joana D'Arc de Conchal. Ester era a mulher de Aldo Tarrento. Mas os bêbados só remexiam mesmo no tacho da Conceição. Agradecemos a preferência. Ciro, esvaziando a caneca, encostou a testa no aço ondulado da porta. Meu Deus, para que serve a vida?

Outra garrafa, resolveu-se, colocaria um luminoso na fachada, Bar do Ciro, veria isso logo cedo no Capobianco, Bar do Ciro, as cores piscando no beiral, não suava mais, sentou-se e fez a cadeira estalar com o peso de sua decisão, Bar do Ciro, amanhã acertaria tudo na loja do Capobianco, a garganta secara, um luminoso na fachada, Bar do Ciro, abriu uma cerveja. Ou Ciro's.

PADRE REMO AMALFI

O sineiro tocava no campanário uma moda de viola. Grave como a paixão, difusa como o além, cambiante como os confins, era a moda de viola dos sinos.

Da Rua Gorga o cortejo seguiu para a Avenida Major Severo Dias até a Praça da Matriz, na esquina do Hotel dos Viajantes, dobrando à direita até os trilhos da Sorocabana e subindo os sete degraus do cais de cimento vermelho. A garoa cintilava em cada guarda--chuva. Quatro horas no relógio da Estação. Os sinos se calaram.

Uns trinta anos atrás, também de tarde, mas sem esse aguaceiro, a meiga e inconstante Ester Varoli Tarrento chegara no trem que Conchal agora esperava reverentemente, e saltou da plataforma do último vagão. Regressava ao lar como dele se afastara, com a mesma beleza desalentada, quase amarga. "Silêncio, silêncio..." De luvas e chapéu, muito magra e branca, rodeou-se de malas, caixas, bolsas, baús, pacotes, e enquanto a caldeira chiava, num presságio, e o vapor se atirava para os ares, desfazendo-se num céu de junho, cru e inerte, ateou fogo aos trastes e ao vestido de veludo bordô com punhos e gola de renda. Não se comprovou se Ester gritou. O trem cumpriu o horário, testemunhou o chefe da Estação. Porém, com o estrondo da partida e a ferragem se debatendo aos socos, Ester desnudando-se entre as labaredas, ouviu-se o silvo da locomotiva. José Silvestre, o irmão do meio, carregou-a para o jazigo da família Varoli em Santana Velha. "Olhai o Sacrário..."

O padre Remo Amalfi aproximava-se pelo lado oposto da Estação. A estatura elevada, estranha, solitária, como a de Jonas Vendramini, um pouco arcado, setenta anos também, ou quase, os ossos longos, cautelosos, o olhar justo e resignado por cima dos óculos, a batina lavada e bem passada, nenhum botão fora da casa, a bengala de açoita-cavalo (com essa madeira se fabricava a coronha das melhores armas), e na testa as rugas verticais, padre Remo vinha sem incenso e turíbulo.

Pararam frente a frente, com lentidão e nobreza, o sacerdote de Conchal e o cortejo fúnebre. A garoa escorria pelos postes de ferro. Um peão de Jonas Vendramini, outro de Orlando Losso, o próprio Calônego, estenderam os ponchos no piso úmido. Entre as alças e os cuidados, o caixão oscilou, perdeu o prumo, e ali, aos pés do padre e sobre os ponchos, permitiram ao morto a paz da imobilidade.

Acima das cabeças, o mostrador branco e os números pretos, romanos; moveu-se o ponteiro do relógio. Um tordilho pateou na lama, resfolegou, rebelou-se contra os moscardos, e os paturis da tarde romperam por detrás das mangueiras. Um negrinho amarrou uma cadela de doze tetas a um palanque de guatambu. Porém, em torno de tanto ruído familiar, sentia-se densa e forte a autoridade do silêncio.

A mão esquerda sobre a direita, ambas pressionando para baixo a bengala de açoita-cavalo, dali o muro escondia a curva dos trilhos, via-se o castão de marfim, a torre da igreja dominando o casario de telhas negras e molhadas, padre Remo sempre parecia cansado antes de falar. Logo virá o trem, como a morte, ele disse, e depressa irá embora, como a vida. Meus irmãos, este homem não irá reunir-se aos restos de sua mulher, desgraçadamente, contudo os seus ossos encontrarão os da pequena Deolinda, filha dele e dela, Ester Varoli e Aldo Tarrento. A vida divide, a morte separa, e a diferença quem sabe? Apenas por orgulho o homem se dedica ao conhecimento de si mesmo, ele disse, orgulho nefando, esquecendo-se todos de que o Criador — apenas por piedade e misericórdia — jamais estudou lógica. *Sua criatura não é lógica.* Por isso, o verdadeiro exercício da liberdade humana ainda é o perdão cotidiano, ele disse. Todos os ossos serão um dia uma única e inútil poeira, ele disse.

O vento sempre espalhava o apito do trem no bairro do Turvo, na montanha, e ele percorria cafezais, invernadas de capim-meloso, colonião e jaraguá; e canaviais, cocheiras, piquetes, perambeiras, até a Estação de Conchal. Eu lhe concedo a derradeira bênção, violeiro, e em nome de Deus eu purifico a sua alma, embora pense que os homens devam ser sepultados no país de sua culpa, e se possível com ela. Pela primeira vez, o trem, o trem, Jonas Vendramini ergueu para Remo Amalfi os olhos cinzentos, o trem, o trem, o trem.

Quero ser enterrado aqui, confessou o sacerdote, e rabiscou o chão com a ponta da bengala, em nossa Conchal, no Cemitério dos Escravos, o trem, o trem, nenhum nome designa tão intensamente o campo-santo, o trem, o trem, o trem, Cemitério dos Escravos, maldito seja quem mudar esse nome, o trem, o trem, vá em paz, Aldo Tarrento, o trem, o trem, o trem, o trem, o trem, o trem.

Recolheram o morto e os ponchos. A fumaça perdurou um instante sob o mostrador do relógio.

No cemitério:

— Meu pai.

— Que saudade.

O couro do catre ia estalando na fogueira. De noite alguém chutava na sarjeta a caneca de ágata.

Alfredo perguntou:

— Será que o Antônio me dava a fotografia do pai?

— Não pense nisso — respondeu a cunhada.

— Eu queria tanto o retrato.

— Não aconselho nem a falar com o Antônio. Você sabe como ele é amoroso.

Antônio embrulhou o retrato num jornal e levou-o a Alfredo. A moldura não combinava com os novos móveis da sala.

— Obrigado, Antônio.

— Ora.

Olharam o velho.

— Parece mentira.

Antônio reformou o cômodo do depósito: forrou-o e instalou um bico de luz: soalho de madeira: tinta clara na parede: a mulher escolhera o tom. Ajustando os caixilhos da janela, Antônio recolocou os vidros. Encomendara a Isidro Garbe umas venezianas de palheta larga. Para os trastes da casa, construiu um telheiro ao lado.

Agora a água da chuva desaparecia num ralo e, indo pelas manilhas, com boa queda, despejava-se na rua. A mulher chamou o filho para ver a arrumação.

— Juca.

Sentado na soleira de ladrilhos, o menino se divertia com massa de vidraceiro. A mulher sempre quis uma sala de costura.

DUETO

Me conte outra vez, não, por favor, estou com frio e com sono, me deixe dormir, não deixo, me conte outra vez, meu Deus, você parece sarna, picão, carrapicho, gavinha, barro de massapé, me conte de novo ou largo você com o seu medo de escuro, de gambá, de fantasma, mas você não se cansa de ouvir e eu estou com muito sono, lavei prato o dia todo, bandida, me conte senão eu rogo uma praga e ele não volta com o carro vermelho, pare com isso, chega, não puxe a coberta, você me obriga a repetir tudo, sete dias e sete noites, eu quero dormir, e eu quero gozar, me conte, ele já te pegou na Kombi, sim, te arrancou a roupa ainda dentro da perua, sim, você correu pelada para o meio do matagal, sim, ele te perseguiu, te alcançou, te derrubou no capim e te lambeu inteira, sim, você fugiu gritando e ele tirou a camisa, as botas, a calça, a cueca branca, sim, vocês nadaram no Rio do Peixe, sim, e ele te agarrou numa praia, te arrastou pelos cabelos, e foi mordendo do ombro até a altura dos rins, sim, e te cobriu de repente com o peso e a força do macho, sim, rolaram na areia e na água, trocando estocadas com as ancas, sim, e palavras de bafo, e gemidos de sopro, e jogos de nervos, e véus de saliva, então, um cheiro no atrito da pele, um calor úmido nas entranhas, você nem sabe quantas vezes desmaiou, não sei, não sei, eu não sei, me conte outra vez, Leila.

NOTICIÁRIO

Santana Velha, 1948. O *Correio de Santana* publicou na edição de domingo uma nota do escritor Rocha Lima sobre a Exposição Anual de Trabalhos Manuais e Artes Aplicadas, do Instituto Santa Marcelina. "Uma aluna de apenas dezesseis anos me chamou a atenção, Isabela Gobesso, neta de nossos queridos Fernando e Matilde Gobesso. Os seus quadros, ela expõe cinco, revelam um talento enérgico e inquietante. O casario, a cachoeira, o ímpeto dos rios, as figuras humanas, as festas rurais, não se vê na pintura de Isabela nenhum ponto de equilíbrio. Entretanto, este existe, quase invisível, na soma dos desencontros e no desespero essencial duma perspectiva que se nega a si mesma."

CAPÍTULO III

QUATRO ENXADAS

Bento Calônego era velho, porém rijo. Quebrando a aba do chapéu na testa, quase escondia a cara. Sobravam as orelhas, onde fiapos do cabelo descorado faziam um chumaço. Ergueu o punho na direção da lavoura, aqui não tem zemané que compre jiló com pinta preta. A tala, pela alça de couro trançado, deslizou no braço até o cotovelo. Bento Calônego montava um tordilho.

— Com quantas enxadas você conta?

— Quatro comigo — respondeu Raimundo.

— Serve.

Raimundo enrolava a palha do cigarro: tinha dois filhos na idade da enxada: a mulher ia adoecer em março. O vento que soprava do Turvo agitava levemente o cimo dos cafeeiros. O patrão afirmou:

— Sou homem de palavra.

— Sei.

— Um fio da minha barba vale como se fosse um selo de cartório.

— Isso me falaram — disse Raimundo e se agachou sobre as alpargatas de lona. — O senhor é antigo. Vamos combinar.

Puxou a fumaça: soltou-a. Olhava a trilha de grama pisada. Embaixo, a estrada. Olhava algumas casas de madeira depois do bosque de eucaliptos. Um camarada, entre os moirões de cedro já fincados, desenrolava o arame farpado. Via-se a cidade de Conchal além dos galpões da Estação Ferroviária. O cavalo mascou uma haste de capim-meloso e o velho apeou.

— Pois vamos combinar.

O corpo retesado, no lenço do pescoço a argola de chifre, a tala alcançando o borzeguim, zemané casou e mudou, o velho murmurava uma ou outra bobagem. Antes de ir o sol a pino, viria pela estrada o caminhão da fazenda, trazendo o mantimento. Raimundo sentiu no peito a aragem: cruzou os braços e fez uma pressão na camiseta rala. O velho indagou:

— Quantos alqueires tem agora o João Fernandes?

— Homem. Não sei. Eu arrendava cinco.

— A quanto por cento?

— Quarenta.

Bento Calônego achou justo. Raimundo seguiu:

— Paguei a renda e o armazém. Não sobrou nada.

— Ficou devendo?

— Fiz um acordo.

— Então não cuspa na terra — disse o dono com voz bíblica. — Quem não tem nada não perde. Nunca vi nenhum saco vazio que parasse de pé. Você comeu: e sua gente também: não comeu?

Raimundo baixou os olhos encovados. Nos intervalos da fome, sim, havia comido. Escondeu na mão o zigoma, esfregando a pele de lixa. Uma vez por dia — de outubro a setembro — havia comido. Os pelos da cara brotavam como picões, alguns brancos. A mão, que quebrava espinhos sem se esfolar, comprimiu os cabelos espetados. Caldo de osso, milho, mandioca, rapadura, jabá. Na verdade, os volantes da boia-fria não tinham tanto. A mulher catava os bichos do jabá. Seja o Senhor louvado. E igualmente Santa Luzia. Pois as quatro enxadas — nas águas e na seca — haviam comido.

— Isso — concluiu o patrão.

Raimundo via o cavalo: concordou: eram dez mil cafeeiros. Levantou-se perto do outro. O velho recendia a fumo, café e couro suado. Se combinassem, o caminhão da fazenda iria buscar em Conchal as três enxadas, apontando-se a despesa. O sol atravessava a galhaça da jaqueira e punha um rebrilho nas esporas do dono. Raimundo desviou a vista para as colinas. Semelhantes a sua carga, a mulher e os meninos estariam no cais da Estação, silenciosos, imunes a qualquer esperança, tomando conta dos trapos e da canastra.

Bento Calônego empurrou o chapéu de feltro para a nuca, descobrindo o olhar azulado. Ao desocupar as terras, deixá-las no limpo e com a esparramação do cisco já pronta, sem aviso. O cavalo espantava as moscas.

Café colhido. Café na tulha. Café secado. Café ensacado. O velho explicava a obrigação de Raimundo.

— Incluindo a sacaria e o barbante. No armazém da fazenda você compra o necessário. Não pago nada. Partilha no telheiro. Meio a meio.

Raimundo conhecia o costume. Vinham descendo do morro as cabras com a sua canga triangular. Carpir. Dar duas desbrotas — uma em janeiro e outra em agosto. Arrancar os galhos secos, trepadeiras, cipós. Replantar as falhas, para isso utilizando a muda dos balainhos que a fazenda colocaria no carreador. Enterrar palhada de qualquer origem, seja de café ou de amendoim. E ainda o esterco do mangueirão. Conservar a lavoura no limpo.

Bento Calônego lembrou a época certa da arruação e disse:

— Fui criado na miséria.

— Pois não.

— Já puxei o guatambu por dez homens.

Raimundo suspendeu um olhar opaco. Disse:

— Parece que valeu a pena.

— Já dormi com os peões no rancho.

— Pois não.

Raimundo apagou a brasa: pôs o cigarro atrás da orelha: descansava o corpo numa perna. Acompanhando o curso duma garça, no horizonte, deu com o bairro do Turvo e o seu rio de água escura. O patrão bateu a tala na carrapichada do borzeguim.

— As covas.

O velho queria as covas da largura duma enxada. Aproximou da terra a mão enrugada, só um pouco trêmula e de grossas veias azuis, e fitando o camarada com rudeza, preste atenção, zemané, deu a medida da fundura e do comprimento.

— As covas. Assim.

— Sei.

— Em todo o café. Rua pulada.

Apoiando o corpo na outra perna, Raimundo fez que sim. Viveria numa casa de tábua, coberta de telha, com dois cômodos atijolados, apontando-se o aluguel mês a mês. Na casa: três bancos, uma mesa, um armário de cozinha, dois cabides e um estrado. O cavalo, plácido, socava a pata no chão e repuxava os músculos. As cabras desapareceram além duma reboleira. O velho deu um passo desengonçado. Seria um escorregão?

— Saltei — ele disse. — Frieira de casco de vaca brava.

Tinha Raimundo a desconfiança de que nem tudo que o velho falasse precisava ser ouvido. Isso com o maior respeito. Encostando-se ao tronco da jaqueira, riscou com a unha a resina que escorrera na casca e endurecera, sugerindo uma lágrima de melaço. Longe dos cafeeiros, a capela crescera em cima do monte. O sino, quando cantasse, desceria o monte, invadiria os campos de mato rasteiro e se perderia nos reflexos verdes do Rio do Peixe. Nunca que faltasse chá de sabugueiro para o sarampo da última enxada. No armazém: arroz bica-corrida, feijão chuvado, trigo, açúcar preto, sal, pó de café, rapadura, mel, pano, fita, botão, meada de linha, agulha, arame, corda de curauá (ele reconheceria com um sorriso), cachaça da Barra Grande.

Bento Calônego alisou a crina do cavalo.

— Ninguém laçava mais rápido.

Raimundo escutou o ruído do caminhão na estrada.

— Bom. E a minha roça?

O velho indicou gravemente com a tala.

— Amendoim no café novo, ali, duas carreiras. Só nas águas.

Raimundo olhava com interesse.

— Certo.

Ajustando a ponta redonda do borzeguim no

estribo, o fazendeiro falou:

— Plante uma carreira de feijão sem cipó em cada rua de café. Todas as ruas. Nas águas e na seca.

O motor do caminhão rugia por perto. Montando, Bento Calônego quebrou a aba do chapéu na testa. Ordenou:

— Arroz e milho, rua pulada. Não quero nada dessa planta. Não esqueça. Fica obrigado a sumir com a soqueira depois da colheita.

— Claro.

O dono olhou de cima para baixo. Não derrubar madeira de lei. Deixar dez sacos de café na mão do patrão, até seis dias antes de largar a terra, como garantia da esparramação e da desbrota. Invernar apenas um animal. Manter no limpo o cercado. Roçar o pasto.

O caminhão surgiu na curva. Bento Calônego levou três dedos ao chapéu.

— Entendido? Passe no contador e capriche no x.

Afastou-se. O caminhão trazia uma carga de areia. Preferindo ir a pé, Raimundo afundou no capim as solas de fibra. Enquanto acendia a palha com as mãos em concha, viu que o motorista descarregava junto ao depósito, em dois galões, a gasolina dum trator. Um negro destravou a guarda da carroceria, apanhou um caixote e desapareceu no telheiro: veio depois com uma pá. O motorista encheu o radiador, despejando a água dum balde. Era um Chevrolet já rodado.

Raimundo apertou o cigarro nos dentes: soprou a fumaça: ia andando: mastigava fiapos de fumo. De madrugada, no mercado velho de Conchal, quando chegava a época da batição do amendoim ou da catação do algodão, o Chevrolet encostava-se na guia da calçada, fazendo fila com outros caminhões. Os *gatos* e os ajudantes, aos gritos, punham os camaradas em alvoroço.

"Venha você."

Escolhiam:

"Você. Você."

Sempre foram anônimas as cotoveladas em qualquer multidão. Mas ali, na Praça Ferraz Viana, ao lado dum galpão do Grupo Escolar Voss Sodré, os camaradas exercitavam pisões que pretendiam mortais: e iam pulando as grades, tendo os pneus de trás por apoio. O desespero transferia a dor para quando recordassem a humilhação.

"Besteira. Não pegando esse caminhão, a gente pega outro."

"Mário, hoje eu vou junto", pediu uma mulher bem magra, de olhos saltados, com um desbotado vestido preto e a trouxa pronta. Calçava sapatos de homem e não tinha dentes.

"Não, dona. A lavoura não é asilo."

"Nem hospício", declarou um garoto.

Deram risada. A mulher afiou o olhar agudo: tentou abrir caminho com a trouxa: foi empurrada. A luz do poste e do botequim amarelava a madrugada do mercado, vincando na feição dos camaradas um abatimento. Dois meninos disputaram a socos a última vaga no Chevrolet da Fazenda Calônego. Um olho vazado por espinho de nhapindá, e negligente quanto ao ranho, venceu o mais duro. Nem ladrões nem mendigos: eram só escravos.

"O Tagushi não veio até agora."

"Disseram que o caminhão dele está na esquina."

"Mentira. Guarde o seu lugar. Não saia daí."

Erguiam os braços. Um velho segurava contra o peito a marmita ainda quente. Cuspiu de lado.

"Por que pressa? O amendoim não vai fugir."

"Bom dia, compadre."

"E o Tagushi?"

"Mário...", gritava a mulher magra, e sem perceber, espumando pela boca, perdia um sapato no tumulto. Mancava atrás do caminhão.

Na porta da garaparia, fechada, e com água de sabão afluindo pela soleira, teve um mulatinho o cuidado de repassar o pente na cabeleira ondulada, guardando-o depois no bolso da blusa. Os caminhões começaram a descer a rua.

"Não. Vou esperar a condução do Lazinho."

As mulheres se entreolhavam, falando alto. Algumas vestiam calça comprida, de brim ou zuarte, e em cima a saia.

"Meu filho tem nove anos e bate amendoim por dois homens."

"Não vejo a hora de ter uns dez filhos."

"Jesus. Maria. José."

"E mais sete."

Na ansiedade, os rostos se contraíam debaixo dos chapelões de palha, já suarentos, e quase não se distinguiam sob os cabelos encardidos, ou sob os trapos amarrados na cabeça. As bocas abertas, o cheiro da roupa mofada, o amargo oferecimento.

Dentro do botequim:

"Germano", disse o *gato*. "Tenho tempo para outro martelo."

O motorista ligou a chave. Ia o sol dissipar o frio da manhã. Após o que, viria o furgão do peixeiro com barris de sardinha em gelo e pó de serra, sob um encerado de lona. Melhor, daria para se distrair com o rádio: "Mês e mês cortando estrada no meu cavalo ruano. Cuidado com esse boi, que na guampa é leviano..." Compadre, daqui estou escutando muito pouco, ponha mais alto.

> *Isto foi no mês de outubro,*
> *regulava o meio-dia,*
> *o sol parecia brasa,*
> *queimava que até feria.*
> *Foi um dia muito triste,*
> *só cigarra que se ouvia.*

Raimundo chamuscou o cisco e enterrou-o no mato. O Chevrolet, vazio. Despencou uma chuva. A trovoada corria além da capela e das colinas do Turvo. Raimundo consertou as goteiras da casa. No primeiro calor, ele e os filhos fizeram por fora a caiação. A mulher colocava água fresca na moringa de barro. A quinta enxada nasceria em março. De cócoras na soleira da porta, o mais velho esguichou o cuspo pelo vão dos dentes podres. Porém, o mais novo tinha voz para moda e pés para catira.

Madrugada densa, a família saía rumo à lavoura. O aranhol da relva peneirava o orvalho, e vindo o sol, bem devagar, as gotas se esfarelavam numa raiação irisada. Morreu a mulher de Raimundo na última noite de março, no estrado, à luz do lampião. Igualmente a quinta enxada.

Chegando a derriça, Bento Calônego pôs a tropa da cozinha na lavoura de café. Estragaram o amendoim do café novo e deram as costas sem dizer ciao. O arroz se perdeu na várzea. Com o milho e o feijão, Raimundo não pôde pagar nem os volantes nem o armazém. Foram os filhos ganhar por dia com um porcenteiro do João Fernandes.

Pesadamente, Raimundo subiu os degraus da escada. Falaria com o velho. Houve um momento em que a opressão do peito ganhou a garganta, fechando-a com muita dor. Enxugou o rosto na manga da camisa. Nunca foi vergonha pedir. Suava frio.

— Com licença.

Andou devagar pelo alpendre. Bento Calônego não estava ali. O suor da pálpebra picou-o no olho. Um cachorro lambeu-lhe o dorso da mão. A negra da sede esfregava um tacho por dentro. Um boiadeiro, fumando cigarrilha, sentou-se na rede e logo mudou de posição as pilhas dum rádio. Um menino, em pé, ia trançando uma rédea de crina: era um dos netos do velho: regulava em idade com a quarta enxada de Raimundo. No canto da varanda, dois peões parados.

— Boa tarde — esforçou-se Raimundo.

O cachorro deitou-se sobre um saco de estopa. Do interior da casa veio a tosse do patrão. Raimundo reconheceu os tacões do mando, golpeando os ladrilhos, e o tilintar das rosetas. Agarrava com as duas mãos o chapéu de couro e não conseguiu erguer os olhos do piso. Ao entrar na sala, deixou no capacho as alpargatas. Pela primeira vez percebeu o cheiro de seus couros. Aparecia o sol através da cortina de crochê, grossa de poeira. A sombra rendilhada moveu-se junto a seus artelhos encolhidos. Raimundo disse:

— Café.

Queria cinco sacos do café da tulha, senhor. Cinco sacos, senhor. Isso basta, senhor. Isso em troca do ano perdido. Bento Calônego pôs no prato fundo três conchadas de feijão. Pressionando a lata de azeite, serviu-se. Com a escumadeira, tirou o arroz da caçarola, cobrindo o feijão e as nódoas amareladas. Colocou em cima a couve duma terrina. Ao lado: farinha de mandioca: dois ovos fritos: linguiça de porco: salada de tomate com anéis de cebola roxa e branca.

Bento Calônego bebeu meio copo de pinga e pegou o garfo. Comia com a boca aberta, ia mastigando comida e saliva num ruído molhado. No silêncio da sala, com a aragem a dependurar-se na cortina, só o barulho do fazendeiro almoçando. Grãos de arroz caíam-lhe ao colo. Passou o miolo do pão no prato vazio.

A cabeça inclinada, tendo nos olhos uma esperteza senil, o velho chupava o ar entre os dentes. A negra trouxe o café num bule de alumínio. Uns goles curtos, cabendo entre um e outro a calma do patrão, pausada e soprada, aprenda, zemané, tempo de murici, cada um cuide de si, Bento Calônego esgotou a xícara, repuxando os tendões do pescoço. Depois, arrastando a cadeira, levantou-se. Olhou dos dois lados. Disse a Raimundo que não dava esmola. Foi fumar na varanda.

— Descobriu o defeito, Zico?

O boiadeiro ligou o rádio. "Eu tenho uma mula preta..." No fundo, os dois peões parados. O menino ainda torcia os fios de crina. "De sete palmos de altura..." Sentia Raimundo o corpo seco e quente. "A mula é descanelada..." Afagando a cabeça do cachorro, desceu a escada do alpendre. "Tem uma bela figura..." Movia-se o rio lentamente pela escarpa vulcânica. Um gavião bicou a areia da margem e, tendo agitado as asas, pareceu acordar os reflexos verdes da água. Sem interromper os passos, agora firmes, Raimundo foi amolando a peixeira no caminho das rochas, e a cada golpe arrancava fagulhas. Embora se lembrasse de que durante um tempo — muito breve e já longínquo — tinham sido quatro enxadas, não sucumbiu às artimanhas do remorso antecipado. Ganhou o morro e, acalmando a respiração, encostou-se ao tronco da jaqueira.

Bento Calônego, de chapéu de feltro, mais o neto e o cachorro, vinham pela trilha de grama pisada.

DESATINO

Encomende a sua alma, Bento Calônego, que tempo eu não lhe dou de cavar os sete palmos da eternidade, ou da podridão, e a peixeira já lhe prolongava o punho coruscante; deixe de desatino, homem, não seja carrasco, espere passar a paixão; encomende a sua alma, fariseu, e a arma lhe acrescentava ao ódio uma profecia, no ar um brilho de unha cega; o que é isso, colono, sou um velho, sou homem de conceito e de palavra, conceito não se enterra na véspera e palavra sempre se escuta; ladrão; o que é isso, mereço respeito pela minha luta, colono, ouça, nada pesa mais na consciência do que o arrependimento; ladrão, ladrão, o meu arrependimento tem outra natureza, Bento Calônego, *eu me atrasei nesta morte*; o que é isso, e a peixeira retalhava o vento morno da tarde, não ofenda a criança; eu não quero lesar o menino; então largue a faca. Surpreendido, e agora assustado, o garoto atracava-se às pernas do avô, o velho retesou-se inteiro como potro laçado no piquete. O cão, meio surdo, às vezes ele coçava as orelhas e mordia-se, ganindo, não se importava com gritos onde não identificasse um comando: conhecia Raimundo: sentou-se, a língua de fora e o focinho na aragem. Lembranças ao diabo, Bento Calônego.

Curvou-se diante do neto, estreitou-se junto ao pequeno corpo, eles tremiam, me deixe ao menos dizer adeus a este inocente; encomende a sua alma, Bento Calônego; adeus, ergueu-o nos braços, o cão esfregou o traseiro no capim, adeus, vou morrer debaixo duma jaqueira que eu mesmo plantei; vamos logo, Bento Calônego; ouviu-se o rosnar do cão, o menino tentou soltar-se, esperneando, adeus, e Bento Calônego *atirou o garoto contra a ponta da peixeira*. Por instinto, Raimundo afastou em leque o braço esticado e recebeu no colo o peso daquela carne convulsa e indefesa, a quarta enxada. Seguiu-se um latido rancoroso, a peixeira despencou numa tramada de guaco e cidreira, Bento Calônego apanhou-a friamente. Ao apertar o cabo de osso, não tremia, era um fazendeiro das barrancas do Turvo e do Peixe.

De frente para o velho, Raimundo foi recuando bem devagar, e como quem evita o risco duma urutu no oco do tronco, a dois passos, capengou pela trilha, torceu a alpargata nas gretas do chão gramado, pateou como um bêbado, ao voltar-se, e sendo o que Deus quisesse, assim como Jesus, Maria e José, rumou para a porteira sem olhar para trás. De repente, a atenção tonta, a vista escureceu e o vento não bastava para enxugar-lhe o suor. Ferindo o cotovelo numa farpa de aço, Raimundo sorveu o sangue.

Um berro de Bento Calônego, a poeira espalhou-se

ao redor de suas botas de salto ferrado e sola de esterco seco, isso silenciou o cão e o menino. Chega de manha, ragazzo. Não atinava com o nome do neto: acariciou-o com o cabo da peixeira: lá estava o camarada ao alcance duma Winchester. Vendo-o distanciar-se, o velho confundia num só os outros medos, todos, os mais antigos ressurgiam em visões durante a noite, súbitas e álgidas, mas se atenuavam com a lembrança da coronha no ombro, o calor da madeira no queixo e o estalo preciso do tiro à traição. Nada mais seguro do que disparo pelas costas, zemané, essa a teoria da sobrevivência. O pesadelo é do homem; e o sonho, dos distraídos. O gavião desapareceu por trás da timbaúba. Cale a boca, menino. Ainda um pouco pálido, Bento Calônego carregou o sobrecenho até a porteira bater, sozinha, com o cabra já do outro lado. O patrão imaginava mil cabeças de zebu para aquietar-se. Começou a rir, Bento Calônego. Não conte nada a ninguém. Não parava de tremer e rir, Bento Calônego. Não lotou as calças e não derrubou o chapéu, Bento Calônego.

NOTICIÁRIO

Na *Gazeta de Conchal*:

"Foi no sábado, uma égua campolina de Guilherme Amadeu Sturm, tendo varado a cerca do sítio e descoberto o mundo, trotou ao longo da linha do trem em louca desfilada até ser colhida pela máquina. Os urubus já deram conta da carcaça. Porém, pasmem os leitores, a fedentina ainda não chegou aos punhos da rede de Guilherme Amadeu Sturm, numa de suas varandas."

JOÃO

João podia acertar o relógio pelo cheiro poderoso do café. Limitou-se a um sorriso enviesado. Encerrou os cálculos na caderneta e cobriu a Olivetti com a capa. A tarde se concentrava nas telhas de vidro. João manteve na testa a viseira de brim grosso, mas tirou e guardou meticulosamente os óculos de aro de aço, envolvendo-os na flanela e comprimindo a tampa da caixa até o estalido seco. Sem idade, e com fotofobia, os sons do cotidiano o orientavam. Alcançava a bengala quando a voz de Isidro Garbe veio da copa.

— João.

Apertando a bengala debaixo do braço, a mão no corrimão, o contador desceu com muita cautela a escada estreita. Jamais se arriscava. O maior inimigo da tragédia era o ridículo. Desde os tempos de guarda-livros, e já com medo do sol e dos degraus, sabia que para ele e seus iguais a vergonha os submetia e transtornava mais do que a dor. Essa a escrita do destino, e ele apoiou um pé nos ladrilhos da serraria.

Instalava-se a copa no fundo do corredor, sob os tijolos vazados da parede, e com um arco à direita onde cabiam o fogão de ferro e a pia. Resvalando de repente no piso, a ponteira da bengala soou em falso, por descuido, João não permitia ofensas ao silêncio. Isidro já adoçava a bebida no bule e o café ao jorrar espumou nas canecas de folha. João apertou a alça com prazer e senso de domínio. Dava para imprimir cálculos com o dedo na poeira da vidraça. Amigos desde quando não usava a viseira de brim grosso, a mulher costurava aquilo pacientemente, dividiam as palavras com precisão. Café tem que ser de coador. Polenta só se serve com radicchio. Detestavam com solenidade os cigarros de papel. Fumo só pode ser de Tietê. Mulher faz falta na hora da limpeza: também para pregar botão na manga do paletó e costurar a barra da calça: e na cama para esticar os lençóis.

— Vou com o Arlindo até o Ferrari — disse Isidro Garbe, e lavou na pia a sua caneca. — Você fecha a casa?

No pátio, Arlindo ligou o motor do caminhão.

— Vamos antes que chova, Isidro.

João despejou mais café e viu Isidro afastar-se pelo corredor, pondo o colete preto, meio curto para ele, e enxugando as mãos na velha calça rancheira. O Ford, sacudindo a lataria, passou ao lado do último telheiro e ganhou a rua, desaparecendo. O cachorro cego moveu a cabeça e farejou a fumaça do escapamento. Tentou latir para as suas lembranças. Aquietou-se na estopa.

Não ia chover coisa nenhuma, ou ia despencar uma tempestade, quem se importava com isso nas nascentes do Turvo ou na Cordilheira do Peabiru? Arlindo não queria chegar atrasado ao Leonildo's, uma churrascaria de estrada, com fogo de chão, a sala reproduzindo com muito couro e verniz um amplo galpão de peões, e justo naquela noite, num tablado de peroba larga, iria cantar e tocar viola ninguém menos que um gênio: Tião Carreiro. E de quebra vinha o Pardinho.

— Por que você não vai, Isidro? — embora fanhoso, Arlindo sempre praticava no trânsito a segunda voz da toada. Bem alto, os ombros caídos e os zigomas de malaio, encurvava o corpo ao volante e na bancada da carpintaria. Ria na mão para esconder os dentes estragados. Só dormia na zona quando fazia frio. Era devoto de Ana Rosa e, se pudesse, afogaria no Lavapés os seus assassinos: Costinha e Minigirdo.

Empoleirado nas janelas, ou nas cercas, o mulherio crocitava e ralhava com os moleques, seus e alheios. O Ford erguia a poeira da tarde, indo por chácaras e granjas até o asfalto. Agora, de costas para São Paulo e de frente para Santana Velha, rumo à Vila dos Lavradores e aos boqueirões da serra, Arlindo diminuiu a marcha ao passar pelo Leonildo's. O sol ainda ardia na barra da cordilheira, a oeste, espalhando no campo modulações de alaranjado e roxo, e o negro Leonildo já ligara o luminoso a gás neônio, atraindo a noite. Seria o céu um precipício de laivos ofuscantes? Sobre o outeiro, parecendo no ar, uma cabeça de cavalo arreado, de perfil, mais um par de botas de montaria, Leonildo's. Porém, via-se da estrada, a porteira estava trancada. Cascalho ao redor da casa, pinheiros ao fundo, a varanda entre pilares de pedra, Leonildo's.

Raul Torres e Florêncio cantaram ali, num desses invernos serranos. Isidro sorriu e sentiu com o dorso da mão o calor da lataria. Apalpou, no bolso do colete, a palha para dois cigarros. O ar, avermelhado e denso, pesava sobre o inço e a guanxuma da margem. Ao longe, o pastiçal. Um gavião-pinhé encontrou alguma caça no barranco, e as samambaias se agitaram em torno, um rodamoinho súbito e terminante.

Reflete com os seus pregos Isidro Garbe, quem diria, o negrinho Nildo, carregador de feira, amansador de burro xucro, sacristão, coveiro, garçom de bordel, e de repente Leonildo's.

Ora, como se tivesse escutado o silêncio do patrão, ora, conformou-se Arlindo, cheio de dinheiro e com luminoso na estrada, vamos e venhamos, ele cuspiu pela janela uma lasca de palito, tudo isso entre as coxas da velha e gorda Neide, viúva de Bira Simões. A inveja mata, eu sei. Mas a verdade ressuscita.

Tamborila Isidro Garbe os dedos curtos na caixa de ferramentas. Mas só depois de falecido o tuberculoso Bira em Rubião Júnior. Morto não tem corno.

Era vistosa a Neide, atrás do balcão ou na missa das seis, também lavando roupa no tanque do quintal, confere Arlindo as suas lembranças de ladrão de goiaba.

Não tanto quanto Maria Cecília Guimarães Ferrari, Isidro Garbe mexe em feridas fechadas, só ele distingue antes da curva, no vale e entre os ramos dos chorões, a portada da Fazenda Monte Selvagem, dos Ferrari.

Pare no abrigo da jardineira, Arlindo. Enquanto você descarrega o caminhão no Atílio, eu vou a pé mesmo até a Vila. Você me pega numa data de muro arruinado, no começo da Floriano, à direita da Baixada, do outro lado do pontilhão. Não faça essa cara, Arlindo. Eu também vou ver o Tião Carreiro.

Homem. A minha cara é esta. Só quero saber quem me ajuda com a carga. E estaciona rente a um canteiro de pedras britadas.

Fale com o Roque. Salta e bate a porta.

E se ele já enlouqueceu? Faz a conversão e ganha a estrada que se insinua num bosque de eucaliptos.

Ninguém enlouquece antes do Angelus, pensa Isidro e toma o sentido da Vila dos Lavradores, desalentadamente, reconhecendo já a friagem secreta e lunar dos abismos. Sem pressa, ele se aproxima do pontilhão. Nos bangalôs de tijolos vermelhos, numa travessa atrás dos galpões, moram os engenheiros da ferrovia. Sacoleja uma carroça de lenha verde ladeira acima. Alguns bazares desceram até a metade as portas de aço ondulado. Na planície, mas como se fosse na esquina da Floriano, ressoa um apito de locomotiva sobre os telhados.

Encosta-se ao poste, Isidro Garbe, e tirando a palha do colete, sempre atento à aragem, vasculha a rancheira em busca do fumo. Jekabs Inkis Relojoaria. A canivete, esmaga o fumo nos calos da palma, encolhendo um tanto do papel melado. Mirna Arcari Confecções. Alisa a palha no gume, não se ouve um leve rascar, preenche-a e enrola o cigarro sem perder um fiapo de fumo. Oficina Gottfried Stoll. Colando-o com saliva, dobra a ponta na unha. Pensão Viúva Francchino. Ao apertar o cigarro entre os dentes, o fósforo já está riscado na mão e a chama alumia a concha.

Isidro olha a soleira da Pensão Viúva Francchino, o mármore rachado e encardido, a porta de ipê, alta e estreita, a bandeira de vidro fosco e empoeirado. Teme ouvir a voz de Nóris Casadei, lá de dentro, no escuro do corredor, só mais um gole, Isidro, manejando a cadeira de rodas no linóleo que a cera e os passos foram grudando nos ladrilhos de cimento, mais um gole, Isidro. Os cômodos fumacentos. O chiado da cozinha. O guarda-comida de nogueira baça. O cheiro do galinheiro no quintal. Servido elegantemente pelo genro da viúva, Nóris Casadei, jogador e mulherengo, mas sem sorte, de suspensórios e camisa imaculada, os dois pés ainda em sapatos de cromo alemão e por enquanto castanho o bigode à Clark Gable, Isidro experimentara na pensão, pela primeira vez e num remoto Natal, um Lambrusco gelato, rosso, dell'Emilia. Mais alguns anos, bem poucos, e a cirrose deformaria a estampa daquele Casadei. Agonizou cinco dias e cinco noites. De madrugada, deram-lhe uma colher de leite de cabra, "porque ele não tinha força para morrer."

Na esquina fica o Pastel do Alemão. Nada como um conhaque solitário durante o fumo, enquanto a cidade entardece e as primeiras luzes se acendem sob os toldos. Isidro, junte-se aos bons. Isidro, reforce as fileiras da fé. Isidro, eu sou o chucrute e a vida. Isidro, jamais renegue como um apóstolo faltoso o chope da consolação e o salame da esperança. Agradece com um sorriso já noturno, e os amigos, na mesa dos fundos, não insistem. Leva o copo de vidro grosso para a porta.

Esta travessa da Floriano não tem duzentas jardas e termina num dos paredões da ferrovia, onde se agarram unhas-de-gato. Rua Doutor Gabriel Cesarino Vasconcelos de Abreu. Um caminho sem saída, e tão curto como a vida do doutor. Lê-se na placa: 1921-1955. Ele morava com a mulher nesse casarão, do outro lado da rua. Era advogado, o filho mais velho dum paulista afazendado, meio bugre, apesar da barba que embranqueceu antes que se encerrasse o velório. O pai dividiu os bens e foi curtir o desgosto em Presidente Prudente. Pouco sobreviveu ao doutor.

Isidro Garbe tira o crioulo da boca e devolve o copo ao balcão. Isidro, os que vão morrer de bêbados te saúdam. Isidro, o fim da garrafa está próximo. Despede-se com um aceno: a brasa do cigarro aviva-se no ar: ele cruza apressadamente a Floriano. Um ônibus deixa o terminal e percorre a Baixada, seguido por um rolo de fumaça negra. Interrompendo o gesto de abotoar o colete, coisa difícil ante as enxúndias da idade, Isidro Garbe conforma-se com o pescoço taurino e um naco de fumo entre os molares.

Seria o vento da serra, afiado e frio, ou a recordação de Neide, encostando na nuca de Isidro a sua faca inesperada? Pouco resta do bar de Neide e Bira Simões. Está demolido, hoje queimaram entre os alicerces a madeira do teto, apodrecida, só com verniz de barco o pinho dura tanto como um homem. Pilhas de tijolos e telhas disputam espaço com o inço e a quebra-pedra. O entulho se amontoa junto ao muro dos fundos. Vadios ficam por ali, em derredor de suas sombras, silenciosos, estúpidos e vigilantes. Um deles assa batatas com casca numa cova de cinzas avermelhadas. Abana soturnamente o chapéu. Basta fechar os olhos, nem isso, para que os gringos daquele tempo gritem pelo arenque defumado, ou as azeitonas, ou o vinho tinto. Balarim. Milanesi. Lunardi. Paco Aranega. Gottfried Stoll. Estão velhos. Disse o padre Remo Amalfi num sermão: "Desconfiem sempre do presente quando ele profana o passado..."

Cazzo. Eu vim aqui por causa da goiabeira. Dane-se o padre Remo. Plantaram uma goiabeira rente ao muro baixo da varanda, teria sido a Neide, perto do portão e do corredor, ela costumava conversar com a folhagem e as flores dos vasos, aquilo incomodava um pouco, quero dizer o sussurro em cima das plantas, um portão muito ordinário, de sarrafos de quinze e taramela, depois de ferro e ferrolho vertical, agora sucata. O arbusto cresceu, esparramou o tronco na alvenaria, colou-se ao parapeito de argila como um braço gordo, enorme, uma barriga disforme, e se encorpou, pardo e aterrador, derramando o seu peso com uma brutalidade quase divina. Atirou-se para o alto, a árvore, enquanto rachava o muro sob a força dum imenso tonel de pau. Bela e estranha, a goiabeira. Exatamente como Neide, a viúva de Bira Simões. Ontem, ou na outra semana, não estou certo, a árvore caiu com o muro, desencravando segredos e raízes. Cazzo. Com um metro desse tronco eu faço um oratório. Raspo a casca para não comprometer a secagem. Não mando benzer. Qualquer resina protege a madeira mais do que incenso e mentiras. Escavo um nicho para que ele permaneça vazio. Não quero nenhum santo no meu oratório. O melhor pião se faz com pau de goiabeira.

Arlindo já deve ter descarregado o Ford em Monte Selvagem. O calor da brasa chega aos dentes de Isidro, um gosto de mel amargo, mas ele só cospe a palha após uma tragada densa. Imagina Maria Cecília Guimarães Ferrari no alpendre. "Paulista sou, há quatrocentos anos." Ela manchou o lençol de Atílio antes do casamento na Igreja Matriz de Santana de Serra-Acima. Isidro esconde as mãos nos bolsos e perscruta o chão. Linda, a Maria Cecília. Dessas morenas de olhar negro e indecifrado, Isidro ainda a vê como potranca de porte, a andadura solene e os cabelos a favor do vento. Logo se reconhece a nobreza dum rosto humano. Depois se percebe que a nobreza é apenas esse rosto. Seis horas. Ave Maria. Porém, a Atílio tudo se perdoava. Até mesmo Roque Rocha, bastardo e idiota, que ele e Maria Adelaide Rocha geraram num paiol. Espalham-se as luzes de cálcio na Baixada. Repentino e desafinado, explode um alto-falante de quermesse. Agora uma buzina. Será o Ford sob o pontilhão? Homens de boné e mochila cortam a ladeira e seguem rumo aos galpões da Sorocabana. Uma carroça polaca com dois pangarés nos varais atravanca por um instante o trânsito da Floriano. O Ford tem um farol aceso e outro apagado. "Maria Cecília nasceu para descer essa escada", disse obscuramente o pai, José Domingos de Avelar Guimarães, bêbado e deslumbrado, numa das festas de Monte Selvagem. Não tão obscuramente. Bastava olhá-la de longe, da cozinha ou da tulha, por um carpinteiro que ali estava apenas para polir a madeira de lei e preservá-la dos carunchos. Ninguém como Maria Cecília Guimarães Ferrari para percorrer com distinção e sobriedade os degraus duma escadaria. Ela merecia o mogno do corrimão. Tinha direito ao carvalho da cama. E na sala-grande, aonde chegavam os brilhos do vitral, ela podia pisar nas tábuas largas do ipê e dar um sentido ao chão. Isidro estremece, a escada não servia para mais nada quando Maria Cecília não estava lá, ele estremece de frio e desgosto.

Arlindo estaciona o Ford perto do muro desmoronado, em cima da calçada e entre os dois postes. Não desliga o motor. Deixa os pneus virados para a esquerda. Isidro Garbe é um bom patrão, mesmo quando dá ordens fora de hora. Traga o serrote, Arlindo. O formão. A marreta de três.

Já anoiteceu, Isidro.

Já?

HONRA

Daqui se vê a fachada do casarão, na esquina da Floriano Peixoto com a Gabriel Cesarino Vasconcelos de Abreu. Eu lavrei para o doutor, em angelim de Goiás, a escrivaninha e os armários da biblioteca. Fiz a cama de casal, baixa como ele queria, com estrado de peroba, imagine, encharcaram de sangue o colchão, ofenderam à bala um crucifixo de bronze. Para a mesa da cozinha, consegui uma tora de óleo-vermelho, em Minas, mantive a espessura de seis. Acharam sangue nos ladrilhos do quintal, e também no plátano perto do muro. O desconhecido fugiu por ali, ferido pela arma do doutor. A tragédia ainda assombra as paredes, incomoda as portas, estala sob o telhado, no travejamento de pinho-de-riga. Nem gatuno tenta as venezianas. Uns parentes pobres do doutor, não da adúltera, Isabela, nada me escapa da memória, encarregam-se do arejamento e da jardinagem, montam guarda nas dependências dos fundos, dedicam-se por senso de família e esperança de usucapião. Isabela Gobesso Vasconcelos de Abreu, do Instituto Santa Marcelina, filha de Orestes Gobesso, Dio, como isso foi acontecer?

Já é tarde, Isidro, o sangue dos ricos não comove Arlindo, e ele arrasta o tronco serrado da goiabeira para a carroceria. Só aceita a ajuda do patrão para levantar o cepo. Marido mata mulher e é morto pelo amante. Putz. É por isso que eu não me caso: não quero ser nome de rua. Mas o que não está na viola não está no mundo. Enquanto enxuga o suor, Arlindo olha com indiferença o casarão. A hera complica os arabescos de ferro, no portão e no gradil. Atingido pela luz do poste, um cipreste, isolado e alto, lança a sua sombra no mármore da escada. Vamos, Isidro.

Bem na frente ficava o bar da Neide e do Bira Simões. Eu sei disso, patrão. As goiabas deste pau eram brancas e eu esmagava os corós com palito de fósforo. O Bira tinha morrido fazia tempo. Já terminou a prece do Angelus. Nenhum motivo para reparar, naturalmente, mas o doutor Gabriel Cesarino dispensou o motorista de praça, Evilásio Foz, a um quarteirão de distância. Depois, testemunhando no inquérito, disse Evilásio, o doutor estava calmo como um defunto. Três da tarde, o sol injuriava o calçamento e julgava mortos e vivos atrás de copos ou venezianas descascadas. Francamente, não era hora de abandonar a sensatez da sombra ou a proteção do escritório. Nem pagou a corrida, ele, de quem não se esperava deslize ou surpresa, tão refletido e justo sob contrato de honorários. O doutor entreabriu o portão sem raspar as dobradiças. Fechou-o silenciosamente, dando as duas voltas da chave, isso notou o Alonso da Quitanda, ele refrescava com um molho de salsa a verdura das bancas, salpicando água. Apenas no caramanchão em forma de coreto, no centro do jardim, o advogado Gabriel Cesarino Vasconcelos de Abreu desabotoou o jaquetão de linho checo. Estaria trêmulo e pálido, nesse momento, o suor gotejaria em suas têmporas, quem o saberia? Alguém que o tivesse avisado pelo telefone? O bocal tapado por um lenço? O escrúpulo vedado por um prazer translúcido, jamais opaco? A intenção leprosa? A voz assexuada e torpe? O anúncio contagioso e dilacerante? Ele venceu as pedras da alameda. Contornou o casarão. Parou sobre um capacho de fibra de coco. Desapareceu pela entrada lateral, um arco de heras entre dois pilares de chapiscão cinza, e logo depois ouviram-se os tiros.

Um homem sumiu pelos fundos, esgueirando-se junto aos canteiros, deixou ao escalar o muro um pouco de sangue no galho rachado do plátano, ganhou os galpões da ferrovia, andou meio arcado entre os vagões, agora devagar, como se tivesse perdido alguma coisa, descobriram manchas de sangue nos trilhos e uma carteira de cigarros, Lincoln, poderia não pertencer ao fugitivo, era alto, seria um dos engenheiros da Sorocabana? Vamos embora, Isidro.

As rodas já estão voltadas para a esquerda. Arlindo não precisa guiar até a esquina para a conversão. Um cheiro de café se desprende da noite. Vamos para a estrada, e agora um perfume de magnólia constrange Isidro. Salva-o o odor proletário do óleo e da gasolina. Caldo de cana. Fritura. A lataria se debate sobre as pedras da rua, o Ford retorna ao pontilhão. A luz, dentro dos botequins, adere-se aos toldos da ladeira e descai para a sarjeta. Homens com o colete ou o blusão do sereno abraçam-se, gritam, sucumbem ao hálito agregador da cerveja. Agora estão esmurrando o balcão, jogando bilhar, ou dominó, acabou o dia, o trabalho é como o fiado, só amanhã. Um cavalo escorrega, logo se apruma nos cascos. Olhe o Cadillac do Moura Barros.

Falou-se muito nos filhos do Jonas Vendramini. Ora, o Leôncio surgiu no enterro com o braço na tipoia. Disse que um zebu imprensou-o contra o palanque do mangueiro. Desplante ou inocência? Seu irmão Aleixo, médico e apreciador de óperas, já naquela época, 1955, tinha o consultório na Floriano Peixoto, bem perto do casarão do doutor. Não poderia ter acobertado Leôncio? E quem põe a mão no fogo por um médico que ainda hoje se parece com o Enrico Caruso? A mulher do doutor, tímida e de cílios longos, gostava de assumir em público uns ares de artista. Pintava quadros. Resta o Dante, o mais novo, também advogado e adversário do doutor em causas de terra. Mandou uma aparatosa coroa de flores. Desistiu de ver os cadáveres. Não ultrapassou o portão do cemitério. Exibiu óculos escuros e lenço de tarja. Dante sempre teve os olhos verdes e culpados. Pelo amor de Deus, Isidro, você não quer parar com isso? Até queria. Mas o mistério preenche a solidão, Arlindo.

Num rádio: "Aviso aos navegantes. Hoje não há aviso aos navegantes." Mas as rosas vermelhas florescem no túmulo e se espalham. Apenas rosas vermelhas nos grandes vasos sobre o túmulo. E Isabela Gobesso, nenhum outro nome, na lápide de granito negro. 1932-1955. Saudades de seus pais e irmãos.

CHUVA OBLÍQUA

Nessa noite, na companhia de sua bengala, o contador João encontrou Isidro e Arlindo no Leonildo's. Chegaram antes da hora, escolheram uma das mesas entre o tablado e o quiosque de Neide, no centro da sala, um balcão envernizado, de tronco de coqueiro e cobertura de piaçava. Enorme e medonha, lá se escondia a Neide Simões, estava muito velha e quase cega, os braços se esparramavam num cepo, confundiam-se com ele, a deformidade gorda e azeitonada lembrava a goiabeira. Isidro, mais do que ninguém, sofria a verdade e a traição dessa semelhança. Tomou um chope.

Puseram arreios e pelegos no tablado: cabrestos e rédeas amontoados: estribos de alpaca: uma trempe de ferro com a chaleira fumegando. Nada mais era preciso para Tião Carreiro e Pardinho. Diz a crônica que cantaram como nunca. O povo só saiu tarde da noite. Chegando à serraria, e ao acender a luz do quartinho, percebeu Isidro que o cão não se mexeu nos trapos de estopa. Aproximou-se, viu que estava morto. De manhã eu enterro o cão. Esquecera o nome do animal. Desligou a lâmpada, enrolou-se num cobertor, ajeitou-se na cadeira de braços e esperou o dia clarear a vidraça. Enterro o cão atrás do telheiro.

Piscou um relâmpago na janela, rolando um trovão ao longe, e logo a chuva tamborilou nos barris do corredor. Desabou forte, pesando nas calhas e martelando as garrafas empilhadas e os pneus velhos do quintal. Se ventasse, ela encharcaria o cão. A bacia despencou do prego. Isidro largou a coberta no assoalho, saiu para o alpendre, arrastou do pilar para baixo duma bancada, no telheiro, o cachorro e sua mortalha de aniagem. O vento farfalhava na copada dos pinheiros. Fugindo aos golpes finos da água, Isidro tornou ao quartinho, trancou-se e ergueu a coberta do chão. Sentou-se diante da janela, a lã um pouco áspera no colo, agora no rosto, a luz dos relâmpagos varava o vidro fosco, ele acariciou longamente a coberta rala e esfiapada. O alarido do temporal cresceu no telhado. Eu enterro o cão logo cedo. Numa das manhãs de março de 1901, em Palermo, apontando vagamente o sol na estrada de Messina, uma espessa nuvem avermelhada espantou os pescadores do golfo. Eles abandonaram os barcos e as redes na areia que orlava o chão rochoso e juntaram-se à turba do porto. Dio, il finimondo. Encolhendo-se nos casacos, e torcendo o medo entre as mãos, amaldiçoavam Trapani, de onde soprava o vento. Gesummio. Foi quando começou a chover sangue.

Os cães se internaram nos bosques e não esperaram a noite e a lua para ensandecer. Miserere nobis, bradou um idiota de batina surrada. A cúpula da Catedral de Palermo aparou uma golfada de sangue, repentina e monstruosa, infiltrando-se as manchas nos entalhes da cantaria. Ladrões e falsários, de unhas retraídas e pavor nos intestinos, traçando na camisa de cânhamo uma cruz de sangue, prometiam devolver em qualquer piazza da cidade, ou no claustro do belo convento de Monreale, os pertences a que já tinham direito pela impunidade e esquecimento da rapina. Agiotas não discutiam o preço das indulgências. Lúgubre e viscosa, a fé escorria de rachaduras seculares. Um imenso ganido gregoriano ecoava por arcos lavrados em mosaicos. Sobravam igrejas e conventos em Palermo, e agora pecadores que, de costas para os portais e a caminho do mercado, ostende nobis, Domine, misericordiam tuam, escorregavam no sangue das escadarias e, agônicos e pios, retornavam depressa ao sussurro das sotainas para acrescentar espórtulas e alguns crimes aos já confessados, agredindo-se no peito e na cabeça, exigindo penitências, cinzas e cilícios. Deo gratias.

Não demorou muito. Não era sangue, era a poeira vermelha que os ventos traziam do Saara. Nada que não lavassem as santificadas águas e não perfumassem os apostólicos incensos. Adjutorium nostrum in nomine Domini. Durante toda a tarde, no Trianon de Don Ignazio Florio, adejaram estolas e queimaram-se velas em regozijo. No palco, pregando a contrição permanente e a fidelidade ao dízimo e aos sacramentos, um jesuíta esverdeado e esguio insinuou: "O verdadeiro cristão tem calos nos joelhos."

Seja louvado o Senhor. Anoiteceu em Palermo e uma chuva transparente, suave, logo dissolveu os arrependimentos do dia. Lavabo inter innocentes manus meas. Matilde Gobesso não permitiu que a chuva de sangue, depois convertida em poeira, interferisse na sua vida e na viagem para o Brasil, como um *aviso*, e essa palavra nos lábios das tias e das vizinhas cavava no meio da noite uma ressonância gélida. Estava grávida e lutava contra a pobreza nesta terra di nessuno. Por vinte liras, o marido Fernando Gobesso aceitou conduzir dois cavalos de don Onofrio a Messina: um zaino, senza macchie bianche, e um baio de crina tosada. Iriam no dia seguinte, mesmo grávida ela cavalgaria, apesar dos ventos africanos e seus milagres de sangue ou pó. Seria o começo da viagem para Nápoles. Lá eles receberiam dos padrinhos mil liras e uma arca. Depois partiriam para o Brasil, onde calçariam sapatos todos os dias, e sandálias, e botas com meia-lua de ferro nos saltos, todos os dias, e não só para ir a missas e festejos. Antes passariam em Matera, na Basilicata, pois Matilde não se atrevia a mover-se pelo Atlântico, Madonna Vergine, sem a bênção da irmã mais velha, Giuseppina. Sonhavam com o Brasil. Nunca mais as peregrinações humilhantes e famélicas, de patrão a patrão, como braccianti, alugados por jornada. Não podiam esperar o solleone: o sol de agosto: ele abatia os homens e cegava as suas esperanças.

Era no tempo em que se punha a fralda da camisa por dentro da cueca. Fernando escondeu o dinheiro num bolso falso da camisa. Dois sacos de lona parda com debrum de couro de cabra, Matilde reforçou-os na boca e nos fundos com pespontos de cordão encerado, fez isso na oficina do pai, um para as roupas de lã, flanela e cânhamo, outro para as ferramentas de Fernando. "O necessário não pesa", ria Giuseppina ao mudar-se para Matera. Nenhuma joia de família: nenhuma fotografia: nem mesmo o rosário da mamma Teresa: nada para comover a saudade. Na lona da roupa iriam o lençol, a colcha, as duas toalhas, o cobertor e uma fronha de retalhos. A panela de ferro, a chaleira, os dois facões, o talher de alpaca, os pratos e os canecos de folha já estavam com as ferramentas. Além do bauzinho de costura. Mais a tábua e o rolo de massa.

O pai, viúvo e bêbado, o sapateiro preferido dos clérigos de Palermo, com o tato delicado para cromos, pelicas e camurças, beliscou as coxas de Matilde por baixo da mesa, o beiço úmido e choroso, lamentando-se, tão longe o Brasil, um país de selvagens, bambina mia. A filha repeliu-o com vigor: gritou o seu ódio: derrubou um garrafão vazio: desde cedo aprendera a defender-se de lágrimas e outras investidas. Fernando veio da oficina, segurando pelos cordões os sapatos de vaqueta. O velho endireitou o garrafão, ergueu-se, mostrou a barriga acima do cinto frouxo. O sol nasceu per tutti, ele disse com dignidade, coçou o peito grisalho e foi dormir.

Encilharam os cavalos de madrugada para não se despedir de ninguém. Dividiram os sacos de lona,

Fernando amarrou na sela a mala de papelão com capa de oleado, Matilde cuidou do barrilete de água e do farnel, o caldeirão de polenta com radicchio e um pernil de porco.

Vagarosos, um atrás do outro, escutando o sopro do vento na ravina e na ondulação dos bosques, procuravam não pensar. Estivesse estrelado o céu, não viram. Era a derradeira caminhada na sua terra pedregosa e já estranha. Os cascos dos cavalos ressoavam cautelosamente. A noite acolhia os viajantes com cerimônia e ostentação, impondo-lhes a mudez. Conduziam os animais para o sulco das carruagens, agora nas montanhas, Fernando Gobesso à frente, de cabeça baixa e, ao amanhecer, o orvalho rebrilhava nas figueiras-da-índia e nas ervas azuladas. Olhavam, apenas olhavam, a leste, o amarelo-enxofre que sempre tinge o horizonte da Sicília. Ficavam para trás a Santa Maria dell'Ammiraglio, a San Cataldo, a San Giovanni degli Eremiti.

Pareciam irmãos, a mesma altura e os cabelos negros, um tanto crespos, lembravam as ovelhas que gostariam de criar, as mãos de apertar mangual, e sob a testa as órbitas fundas. O talhe do rosto era severo e enérgico. Podia-se ler ali, no sal do suor, a paciência opaca e uma ambição tumultuada. Iam ao Brasil. Como se um perseguisse o outro, andavam com rapidez pela Palermo das carroças estridentes. "A noite de Palermo ilumina-se com as velas da devoção", recitou um diácono paramentado, na abertura do Ano Santo. Com incompreensão, mas sem revolta, Matilde buscava

Deus nos oratórios e nas novenas. Depois, suportando a canseira e lavando na tina os panos da menstruação, ela duvidava da imagem e da semelhança. Fernando Gobesso não se atrevia a encarar Deus ou os signori, tão idênticos eram no rancor e na vingança. Cheirava incenso e se encolhia à passagem pendular dos turíbulos. De joelhos, e com o queixo no peito, ele ocultava no olhar escuro séculos de submissão e vassalagem. Talvez a imortalidade fosse isto: a resignação humana.

"Não se põe arma em mão de criança", avisou do púlpito um dominicano. Por isso os Gobesso não tinham uma Bíblia em casa. Um transtorno a menos. Como salvá-la dos ratos? Jamais reconheceram uma tentação. Não ousavam aliviar pela hipocrisia a carga da existência. Imaginavam faltas para ter o que confessar aos sábados. A paz era uma conquista cotidiana e vinha quase sempre com o parrozzo, a broa de milho. Com espanto, nos ofícios da Semana Santa, recontando as cinco chagas do Senhor Morto, esfoladas no mármore ou no carvalho, temiam não oferecer a Deus um sacrifício suficiente. Sem a lucidez do pecado, desconheciam o prazer do arrependimento e as proporções da penitência. Eram indefesos diante do paradoxo e do dogma. Que seria do mundo se não fossem os presépios? "Padre peca só por imperícia, menos o jesuíta", ouviram don Onofrio dizer isso, e o que significava era um mistério, coisa de proprietário.

Com o sol nas costas, a oeste, pararam na posta de Acquavecchia, apenas um albergo e uma cocheira nas montanhas. Nem as ruínas desse lugar sobrariam com o desmatamento e a estrada de ferro. Fernando conhecia o albergo de outras viagens e outros cavalos. Ajudou Matilde a desmontar. Deram descanso e forragem aos animais. O encarregado da posta assustou Matilde. Escuro, baixo e arcado, era um antigo camponês dos Abruzzi, um cafone, acostumado a dormir no mesmo cômodo com porcos, cabras e galinhas. Aprendera tarde o ofício de ferreiro. O sorriso cerimonioso, torpe, assegurava a simetria das rugas. Chamava-se Santo Pavani. Devia o emprego a don Onofrio. Enquanto Matilde vigiava a bagagem, Fernando foi transportando as selas e os arreios para um dos três alojamentos dos fundos, todos vazios. Estendeu as mantas ao contrário, no chão, para que o suor secasse antes do anoitecer. Cada edificação, de pedra, aprumava-se na face do penedo e tinha como teto a saliência da rocha. O espaço era acanhado e hostil, mas cheio de palha seca. A passagem entre os umbrais, sem tampa e de frente para o Tirreno, funcionava como porta e janela. Abrigo de salteadores, pensou Matilde, e farejou ratos. Sorte viajar com os cavalos de don Onofrio. Ao benzer-se, ela sentiu o cheiro duma sopa de osso. Estremeceu e conteve o enjoo. Para os lados de Palermo, o céu assumia uma cor de pele com os seus machucados. Vou esquentar o almoço, disse Fernando e afastou-se com o farnel. Matilde ajoelhou-se na palha e, recostando-se aos sacos de lona, já com o terço na mão, chorou silenciosamente.

Viu o marido atravessar a oficina, onde a forja ainda estava quente junto a um tambor. Pelos cantos amontoava-se uma tralha de ferragem e couro. O cão do albergo, deitado na soleira da cozinha, apoiava a cabeça entre as patas dianteiras. Ele gostava de Fernando. Manteve o olhar sereno e atento. Fernando alisou a cabeça cinzenta do cão. Ouviu vozes e uma tosse no corredor. Uma velha reclamava de dores.

O caldo fervia num caldeirão de ferro. Santo Pavani veio do depósito. Mancando, contornou a mesa e ocupou o banco da cabeceira. A sopa destinava-se à famiglia, ele disse. Mas podia vender pasta, una pura grappa de Piemonte, atum seco, pão, riso e vinho tinto. Grazie tante, Fernando queria só o calor das brasas. Ele desatou o nó do pano e esquentou a comida entre a chapa e uma boca. O pernoite era por conta de don Onofrio.

Os Gobesso dormiram nas selas, sobre as mantas e o cobertor, logo depois da refeição e do asseio. Comeram mais polenta do que carne, pois a polenta não chegaria a Messina antes de azedar. O radicchio murchara um pouco, não repararam nisso. Um de cada vez, tinham-se escondido no mato, lavando-se depois no chafariz. Matilde leu na pedra, Acquavecchia. Notou acima um desenho estranho, essas figuras indecifráveis e antigas. Era uma cruz celta. O fio da água escorria no poço, desaparecia entre blocos de rocha. Nem bem escureceu, eles dormiram nas selas.

No olhar um enigma, nas orelhas um som antecipado, nas patas uma confiança cautelosa, o cão do albergo esgueirou-se pelo escuro e deitou-se junto a uma das selas. A mão de Fernando alcançou-o no dorso crespo.

Amanhã eu enterro o cão, agitou-se Isidro Garbe.

O vento debatia-se na vidraça.

MESSINA

Fernando percebeu um aperto na garganta e no peito. O ar nublado, dali não se enxergava o Tirreno. Matilde estancou o baio e desarrolhou o barrilete. Era uma dor suave, agora nos ombros. Quieto, a boca apertada num risco, ele adiantou os estribos e ergueu-se na sela para esticar as pernas. Matilde molhou o rosto. Diante de Messina, soltaram as rédeas, e os cavalos se encaminharam devagar para o bebedouro de pedra, resfolegando. A água, esverdeada e com espuma, amolecia hastes de feno e restos mascados. Depois os Gobesso enveredaram por uma estrada curva, à direita, logo chegando a uma villa com casa baixa e orticello murado. Fernando aspirou com um prazer melancólico o cheiro dos cavalos. Via-se uma cozinha campestre, semelhava um depósito, só parede, dois pilares e telhado, tudo enegrecido e o chão de terra batida, com lenha empilhada e sacos de milho seco ao lado do fogão. Atrás, uma cerca de palanques, de onde pendiam peles de ovelha. O pasto mal se distinguia da névoa. Os Gobesso olharam na direção da cocheira. Lá estava o bracciante de don Onofrio.

Matilde seguiu o voo duma gaivota. Diante do portão destrancado, Fernando conteve o zaino com destreza e apeou. Sem largar as rédeas, ajudou a mulher a livrar-se dos estribos. Ali mesmo, como se cumprisse uma cerimônia, ele desamarrou das selas o que era seu. Amontoou a bagagem fora da propriedade e tocou os animais para o orticello. O cheiro do suor e do couro, o calor dos cavalos, o ar da Sicília já lhe faltava e Fernando não correspondeu ao aceno do bracciante. Era um velho muito alto e plácido. Acercou-se a passos arrastados, examinou montaria e arreame, e à distância, curvando a cabeça para a senhora, retornou ao trabalho.

Sem pressa, entraram em Messina, Fernando com os sacos de lona aos ombros, Matilde logo atrás, com a mala, o farnel e o barrilete. Atravessaram uma praça poeirenta, onde carroceiros faziam ponto, gritando divergências ou jogando cartas. A polenta ainda não azedara. Milagre, benzeu-se Matilde. Os Gobesso não arriscaram. Dividiram só o pernil de porco, comeram com as mãos, sob um pinheiro que espalhava as suas agulhas ao redor. Era um pinheiro desgarrado, soberbo, crescera além das chaminés e do campanário, alimentava-se do solo da Sicília e dali não seria expulso. Beberam, umedeceram o rosto com a água de Palermo e de L'Acquavecchia. Matilde cobriu de terra as sobras, junto ao pinheiro, lavou o caldeirão e guardou-o na lona das ferramentas, não sem antes enxugá-lo meticulosamente e torcer o pano.

Retomaram os trastes da viagem. Decidiram evitar

a taberna e o contato com desconhecidos. A rua se estendia entre o casario alvacento e muros de calcário. Azinheiras preenchiam as lombadas. Inconscientemente, pouco a pouco, iam deixando de ser sicilianos. A Sicília transformava-se na mágoa a que, até a morte, regressariam apenas pela nostalgia. De longe, Fernando voltou-se para olhar mais uma vez o pinheiro. O carvalho sempre forneceu melhor lenha, ele pensou. Os Gobesso caminhavam para o porto. Messina, a cidade de Antonello, suspiravam os que só cruzavam o Tirreno e o Atlântico com passagens de primeira classe. Fernando e Matilde jamais apontariam o naso para um Antonello. Porém, desta esquina, no ar muito leve do dia quase frio, adivinhava-se a sombra normanda da Catedral e de outra igreja próxima, a Annunziata dei Catalani.

Indiferentes ao cansaço, chegaram ao cais antes da noite. Entretanto, o lampião do caffè, na esquina duma viela, já amarelava as portas envidraçadas. Foram pela rua do molhe até o trapiche de Salvatore Conti. O sol poente escurecia o verde das castanheiras. Um gozzo, barca de pescadores de atum, atracava próximo a botes, catraias e embarcações com as velas arriadas. Um homem carregava no alto da cabeça um engradado com três frangos magros e assustados. Mulheres pálidas, de vestido negro, eram as vedove del mare e sobraçavam trouxas e cestos. Os Gobesso abriram espaço a um grupo de homens atarracados, com boné ou gorro, nos olhos uma raiva circular, a gola do paletó suspensa e as mãos enfiadas nos bolsos. Salvatore

Conti desceu dois degraus de madeira. Chamou: "Fernando."

"Ciao, Salvatore", alegrou-se Gobesso.

Mediano e forte, preenchendo com músculos a japona preta, Salvatore Conti ergueu a pala do boné de couro e tirou-o com gentileza sóbria. Parecia tímido diante da donna. Abraçou Gobesso. Era ruivo, os olhos azulados, a barba já grisalha e o rosto curtido de iodo. Preocupando-se com a fadiga de Matilde, perto da exaustão, cumprimentou-a com poucas palavras. Logo apossou-se dum saco de lona e da maleta. Disse: "Entrem", empurrou um banco contra a parede e esperou que os Gobesso se acomodassem. O trapiche era apenas um galpão de alvenaria rude, com janelões de vidro fosco a toda volta e lucarnas para o depósito no subsolo.

"Muito obrigado, Salvatore."

"Então, vocês partem para o Brasil."

"Pensamos muito nisso", Fernando acariciou as mãos da mulher: estavam frias: nelas encontrou porém o que buscava: a pulsação da resistência. Matilde hesitou em apoiar ou não a cabeça no ombro do marido. O amigo de Fernando, esse Salvatore Conti, a inibia com a sua calma e eficiência. Ela imitou o sorriso de quem não precisava emigrar. Manteve os lábios contraídos.

"Io sono stanca de tanto imaginar a travessia pelo oceano. Dio mio."

A voz rouca de Salvatore venceu o rumor do porto e o arrastar duma caixa pelos ladrilhos do armazém.

"Mas como pode temer o mar quem enfrentou uma chuva de sangue? Não choveu sangue em Palermo? Tive até a esperança de que vocês tivessem fuzilado todos os jesuítas."

Sem ânimo para sair em defesa do clero, Fernando abraçou a mulher e sorriu. Matilde aperfeiçoou a sua imitação de riso. Iria para a América e a fé a acompanharia, mas não de muito perto. Ela disse:

"Era uma poeira vermelha."

"Eu sei. Um marinheiro me falou duma tempestade de areia que caiu no mesmo dia em Nápoles. Nada de sangue. Os napolitanos só toleram o sangue da galinha que a mamma esfola, escalda, depena, destripa, tempera e assa."

No relógio que pendia da trave de ferro, acima do balcão do meio, eram seis horas e um quarto. Seguindo o percurso dos ponteiros, Salvatore abaixou a voz e atraiu Gobesso para a ponta do banco. Não queria que Matilde se assustasse com prosa de homem. Ela fechou os olhos, Deus a protegesse e a seu marido, encolheu as pernas junto a um dos sacos de lona, era dolorosa, talvez vergonhosa, quase repulsiva a decisão de abandonar a Sicília a seus nobres e vadios, e encostou-se à parede. Salvatore nunca desperdiçava tempo com emoções inúteis. Disse:

"Que acha de viajar agora para San Giovanni?"

"Combinamos para amanhã de madrugada", estranhou Fernando.

"Sim. Mas um barco sai dos fundos do trapiche logo que escurecer."

Fernando ergueu a gola do paletó. Sua imaginação não absorvia desvios de rota.

"Nunca atravessei o estreito de noite."

"Estou prevendo bom tempo, cacone, e uma noite clara", embora falando com Gobesso, Salvatore não se distraía. As rugas de sua testa mapeavam os ruídos do porto. "Há uma lua civilizada no Tirreno e meus tripulantes são de confiança", disse. "Eles vão encontrar um navio de bandeira francesa em Palmi. Antes, sem alteração de rumo, deixarão você e sua mulher em San Giovanni. Negociei uma partida de farinha de trigo e algumas peças de seda japonesa."

"Você e seus negócios, Salvatore. Não estou sozinho. Vou com a minha mulher. Não há perigo?"

"Quem tem uma mulher não precisa de perigo", ele riu e sua atenção se fixou no estrado de madeira entre os dois balcões do trapiche, onde um conferente assinalava em vermelho a passagem de pacotes cintados de metal. Um deles escorregou e quase bateu no estrado. Salvatore viu de relance um movimento de sombras através da vidraça. Disse com dureza: "Pecado maior que o contrabando são os impostos, Gobesso."

"Amico, não estou julgando você. Só tenho medo da polícia. Não sei lidar com isso."

"Calma, ragazzo", e falsamente contrito como um velho pároco a desfiar o latim da extrema-unção, Salvatore Conti murmurou para o ouvido de Fernando Gobesso: "O que seria do mundo se a polícia não fosse compreensiva. Allora, ninguém mais cordato que um carabiniere com o seu rompante e as suas dívidas de jogo. Cada soldado mantém uma donna. O tenente, no mínimo duas amantes. E elas adoram, meu caro Gobesso, um corte de seda japonesa. Acredito que esse costume também exista no Brasil."

"Contrabando? Amantes?"

"Autoridades sensatas, Gobesso. A propósito, com essas peregrinações a Roma, e católicos tomando de assalto todas as pousadas do caminho, você reservou um alojamento decente em San Giovanni?"

"Já deixei pago um quarto na locanda da Assunta."

"Claro", Salvatore cobriu-se com o boné de couro e enviesou-o com alguma fatuidade. "A Assunta Mastrocola. Irmã da viúva Immacolata."

"Salvatore, esse barco, essa viagem noturna, eu teria outra escolha?"

"Não", ele ergueu-se, e ao abotoar a japona até em cima, o gesto calculado e completo, assumiu o comando de sua agilidade oculta. Atento ao trânsito na rua do molhe, pegou a mala e um dos sacos de lona. Disse: "Eu escolhi por você. Acorde a sua santa esposa."

Fernando tocou de leve no ombro da santa esposa.

"Matilde. Vamos."

Já estava acordada, muito branca e com olheiras, ela alcançou o barrilete e outra vez refrescou o rosto com a água da Sicília. Compôs modestamente as vestes. As contas do terço se acumulavam no bolso do casaquinho. Ela tateou o crucifixo e as lembranças de casa. Depois, vendo o relógio no alto da trave, arrumou os cabelos atrás das orelhas. Acompanharam Salvatore, passando por um arco atrás do último balcão e pela porta dum cômodo abafado, sem janela, onde balanças se enfileiravam junto às paredes. Começava a escurecer em Messina. Saíram para o cais.

Os dois tripulantes jogavam dados no pranchão da proa. Mantinham-se em silêncio. Usavam paletós escuros e os gorros cobrindo as sobrancelhas. O mais alto apertava nos dentes um cachimbo apagado. Já esperavam ali e apenas matavam o tempo. Perto deles, num rolo de corda, sobressaía o gargalo verde duma garrafa de grappa. De vez em quando, gaivotas retardatárias grasnavam acima dos mastros e, ganhando altura, quase negras no céu prateado, voavam rumo aos penedos da costa. Salvatore ajeitou a bagagem no convés e olhou o bote lá embaixo. As nuvens camuflavam a lua do Tirreno. Subitamente, as luzes dispersas do porto apressaram a noite. O soalho do bote oscilava e Matilde tremeu com a aragem fria do estreito. Fernando consolou-a, apesar do humor sombrio. Disse:

"Imagine que esta escada de corda seja um estribo sem cavalo."

"Sì", ela subiu. Aceitou a mão de Salvatore. "Grazie". Ouvia-se o barulho dos dados no pranchão. Matilde lembrou-se de ter visto aqueles marinheiros na esquina do caffè. Eles resolveram bebericar a grappa e em seguida um cheiro de fumo contaminou o ar. Sem cerimônia, com ousadia familiar, Salvatore abriu a lona dos utensílios — depois de apalpá-la por fora — e puxou pela alça o caldeirão de ferro. Procurou e achou a tampa. Desconfiada com os marinheiros, Matilde não percebeu nada, mas Fernando protestou vagamente:

"O que é isso, Salvatore?"

"Niente più. Ciao", retornou ao bote e ao cais.

Os marinheiros acenderam a lanterna da cabina e iniciaram o que parecia ser o seu trabalho. Para eles os Gobesso não existiam. Salvatore Conti, ateu e contrabandista, levou o caldeirão vazio e vai trazê-lo de volta cheio e fumegante. Nenhum jesuíta jamais associaria a *graça* divina ao cozimento ainda que milagroso duma canja. Comovidos, os Gobesso pensavam a mesma coisa, abraçando-se no convés, junto aos trastes duma viagem tormentosa. Viam Salvatore na rua do molhe, com rapidez ele se acercava do caffè, mas viam também a noite de Messina, e ainda sem ter consciência disso, incrédulos, despediam-se da Sicília. Um alçapão ocupava quase metade da cabina. Os Gobesso pararam na portinhola. Logo se acostumaram ao cheiro de peixe e alcatrão. A lanterna pendia duma argola no teto. Trapos de estopa amontoavam-se num canto.

"Sempre me despeço antes do jantar", surpreendeu-os Salvatore e entrou na cabina. Pôs o caldeirão sobre um engradado que servia de mesa. "Não me ofendam com parole de cortesia e auguri." Ele também trouxe pão branco e uma travessa de dolce di riso. "Nenhum adeus tem o direito de esfriar o caldo." Avisou que debaixo daqueles sacos de estopa dormia num garrafão já desarrolhado um tinto de Palermo. "Não devolvam a travessa da sobremesa. Levem essa lembrança de Salvatore Conti para o Brasil." Prendeu os Gobesso num abraço. "Chi lascia la via vecchia per la nuova, sa qual che lascia e non sa qual che trova."

"Salvatore", Fernando tentou interrompê-lo. "Venha dividir conosco o caldeirão e o rosso de Palermo."

"Ciao", ele escorregou para o bote e equilibrou-se, as pernas firmes e afastadas. "Os marinheiros são Franco e Biaggio. Confiem neles. Nunca na grappa." Alçou o corpo para o cais. "Addio, senhora." Desamarrou a corda. "Addio."

O farol denunciava um pouco de névoa no cais de Messina, esfiapada e rala, e a torre pareceu navegar nas águas noturnas. "Addio."

Matilde protegeu a garganta com a mão rude. Franco puxou o bote pela corda alcatroada, cor de estanho, para Biaggio enganchá-lo na amurada, por dentro, e ajustar o nó do amarrilho. O vento trouxe um som de concertina, só podia vir do caffè. Os Gobesso não perceberam a âncora ser recolhida, não disseram nada, um pouco trêmulos no convés, a água os separava cada vez mais de sua ilha e de sua gente. O balanço do barco transformava-se em movimento — com direção e rota. Apesar da lanterna acesa, Matilde confundiu os marinheiros, um deles girou o leme. Há uma lógica do vento na mastreação, Fernando sabia disso, Matilde tirou da lona os pratos e as colheres, sentaram-se no assoalho da cabina, ao redor do engradado e da ceia, enquanto a verga rangia e as velas se debatiam até encher-se de ar.

Para Matilde seria melhor uma canja, com pedaços de galinha, refletiu Fernando, e sua ingratidão era falsa, não gostava nem mesmo do cheiro das galinhas que sua mamma esganava no quintal. Logo destampou o minestrone forte e quente, divertindo-se com a moglie a servi-lo a colheradas. Rasgado ao meio o pão rotondo, a casca estalou, eles limparam os pratos e o caldeirão com o miolo, sem esfarelar. Ao dividir o dolce di riso, latte, zucchero e cannella, Matilde observou a travessa e teve um sobressalto. Nada menos que cristal de Murano. Vira isso em casa de nobres. Uma rara convergência de pingentes azuis e cor de água cintilava sob a luz tênue da lanterna. Matilde lavou a travessa com a reserva do barrilete e mostrou-a ao marido. Não deve ter custado muita coisa a Salvatore, deduziu Fernando com realismo. Depois vasculhou os sacos de estopa até descobrir o vinho de Palermo. Tomou apenas il bicchiere della staffa, no gargalo e com o garrafão ao ombro. Matilde suportou o enjoo e cuidou da tralha. Guardou, quase escondeu o cristal na lona das roupas. Fernando arrolhou o garrafão e empurrou-o para baixo do engradado. Vamos dormir, disse. Preferiram ficar no tombadilho, a cama eram as lonas, agasalharam-se no cobertor. O pequeno barco, entre Messina e San Giovanni, vencendo o estreito e deslizando pelo mar, aproximava-se da costa ocidental da Calábria. Vamos dormir, concordou Matilde.

O que você está fazendo, Isidro?

Eu enterrei o cão.

Deixe que eu termino, e Arlindo bateu a enxada no chão remexido. Depois limpou-a no tanque. Acima dos telheiros, o céu apreendia espaços frios e azulados.

SAN GIOVANNI

Na manhã ainda escura, os marinheiros lançaram o bote ao mar e, em silêncio, com precisão e segurança, fizeram descer a bagagem e os passageiros. A espuma tocava de leve o casco das embarcações. Franco levou os Gobesso a uma praia além do cais de San Giovanni, próximo ao costão dos penedos, onde se avistavam as barracas dum velho mercado de peixes. Curvando-se diante da senhora, ele tirou o gorro de lã, depressa recolocou-o, era muito jovem, e remou de volta, atento e de frente para a Calábria. A boca, que ele apertava tensamente, apenas se contraiu. O mistério gera a conivência instintiva. Um aceno de Fernando, nem isso, o rosto velado de Matilde, o barco seguiu para Palmi, a noroeste.

Carregavam sem esforço la masserizia da mudança. Apressados e de cabeça baixa, Fernando mais à frente e Matilde acompanhando-o de perto, era cedo quando passaram pelo largo da igreja, entre carroças desatreladas e com teto de lona parda. Estavam enfileiradas a pouca distância das casas. Os varais apontavam para cima. A graxa sobrava nas junções dos eixos. Isso significava que a viagem seria longa, deduziu Fernando. Ele disse:

"São as carroças dos peregrinos."

"Ano Santo", Matilde perturbou-se com o cheiro da graxa. "Também somos peregrinos. Mas não vamos a Roma."

"Iremos a Roma no próximo Ano Santo", prometeu Fernando. "Faltam só cinquenta anos." Riram. Mal se divisava dali a torre do campanário. Os Gobesso cruzavam a praça rumo à locanda da família Mastrocola. Procuravam não fazer barulho diante das janelas fechadas. O brilho da manhã manifestava-se fracamente na copa dos pinheiros, na colina a leste de San Giovanni, onde ficavam o cemitério velho e os restos duma estrada romana.

Logo os peregrinos, abandonando vinhedos e olivais de San Giovanni até Reggio di Calábria, excitados por exibir no pulso um terço, e não o cabo duma pá, encheriam o largo com as suas montarias adornadas de flores e, ocupando as carroças numa confusão de cânticos e relinchos, aguardariam ali, antecipando-se ao mistério da santa missa e das bênçãos paroquiais. Um accolito, entreabrindo a porta da igreja, espiava pela fresta. Os homens nasceram para a esperança do milagre e o Jubileu os relembrava disso. Nenhum mandamento limita o alarido da crença e do temor a Deus. Pelo que acomodariam entre as traves da guarda, felizes por ir a Roma de Leão XIII, tachos, canastras, imagens, bambini, estandartes, bandolins, velas, concertinas, trouxas, crucifixos e o paiolo da polenta.

Sacudindo o relho cristão, tomariam o rumo do norte, em todos os rostos os sintomas da fé, em alguns os da pelagra, não mais que quarenta quilômetros por dia, para Catanzaro, dopo Lamezia, Cosenza, Potenza, dopo Salerno, dopo Nápoles e então Roma e o Vaticano. Maledetti. Sob a proteção da noite e dos mitos paradisíacos, acenderiam fogueiras com a lenha dos outros, danificariam cercados e poriam à prova a caridade alheia, durante a jornada que um barbeiro comparou ao Calvário (levava navalhas para esculpir na Praça de São Pedro os bigodes e as costeletas do amor divino). Vagabondi, dalle Alpi alla Sicilia. No caminho, simulariam a compra de porcos e galinhas para pagar com atos de contrição, o chapéu no peito, enquanto cavalos e mulas — também peregrinos — pastariam na terra lavrada. Ano Santo. Bella roba. Era 1901 e chovera sangue em Palermo.

A FAMÍLIA MASTROCOLA

A água servida cavara buracos e valetas nas margens da rua. Uma batina de seminarista adejava na cerca. Via-se num pátio um colchão destripado, de palha e retalhos. Chegava-se ao pequeno portão de ferro dos Mastrocola, na esquina, por duas tábuas oscilantes e chamuscadas dum incêndio: faziam as vezes duma pinguela rústica. Da rua ao degrau de pedra a distância era curta, as tábuas não vergaram, embora rangessem, assustando Matilde. Nos quintais, nas cercas e nas janelas, as mulheres olhavam sem complacência os Gobesso, uma bateu a porta do alpendre, tanto eram os estranhos que transitavam por San Giovanni. Vinha de algum lugar um aroma de basilico. Fernando empurrou com o joelho uma folha do portão. Ladearam uma portentosa figueira, cujo tronco figurava um nicho sobre as raízes expostas, e a copada erguia-se acima do telhado, vingadora e nobre. A casa era baixa e as janelas tinham taipais com ferrolho.

Assunta Mastrocola veio enxugando no avental uma faca de ponta. As veias do braço eram salientes.

Ela desatou o avental por trás e deixou-o, com a faca, numa cadeira com almofada de couro. Sob a cadeira, um gato de pelagem amarela cobriu a cara com as patas. Basilico, basilicão, ou manjericão. Ela começava a engordar e não escondia os cabelos brancos, a não ser quando no fogão, sempre num retalho de vestido velho. Refletia-se no seu rosto, ainda belo, uma resignação seca e defensiva. Mulher do povo, um pouco freira, um pouco secular, entregue a devoções promíscuas e a pavores difusos, seu olhar não demorava em nada, mas recolhia o suficiente com tenacidade e resolução. Evitava os homens desde a tragédia de Immacolata Mastrocola Berti. Neutro, o gato subiu na cadeira e farejou a faca. Assunta Mastrocola não cativava pela simpatia impensada. Acolhendo os Gobesso cansadamente, ajudou Matilde com o bagaglio. Tinha o riso breve e as palavras duma dona de locanda. Almoço às dez. Jantar às cinco. O quarto estava desocupado e limpo. Amanhã, até as nove, Matilde poderia lavar a roupa íntima, ou as camisas do marido, na tina dos fundos. Café no bule de ágata. Sim. Havia um bacião para o banho.

Atravessaram o refeitório. Fernando examinou de longe as cinzas esbranquiçadas da lareira. Cinzas de pinheiro. Duas vidraças iluminavam a sala, um armário entre elas, a *Santa Ceia* na parede, umas cadeiras desparceiradas, a mesa de nogueira com toalha xadrez, um luxo de napolitanos imigrados. Fernando perguntou pelo babbo Mastrocola:

"Por onde anda o Pasquale?"

"Na horta", Assunta caminhou para o corredor e os Gobesso a seguiram em silêncio.

A locanda hospedava duas famílias. Iriam embora com os peregrinos da praça, hoje, logo depois do almoço. Os Gobesso lavaram-se no bacião do cômodo. Sobre a água fria despencou o jorro fumacento da chaleira. Matilde usou de seus guardados um sabão de cheiro e pó de arroz. Depois, Fernando, encostando o espelho na alça do ferrolho, a janela agora aberta para a horta dos Mastrocola, afiou a navalha nos calos da mão esquerda e raspou a barba. Vestiu outra camisa. Afetadamente, lustrou os sapatos de vaqueta. Precisava causar boa impressão nos peregrinos. Queria guiar até Potenza uma daquelas carroças, tratar dos cavalos, quem sabe, Madonna, ganhar algum dinheiro? De Potenza a Matera, a leste, estariam fora da rota dos peregrinos.

Difícil viajar de trem no Ano Santo. Falava-se que congregações francesas e belgas fretavam comboios inteiros. Tanto melhor para Matilde. Talvez por ter viajado uma vez de costas para a locomotiva, ela sentira uma tontura e falta de ar. A visão das fagulhas ainda a perturbava. Além disso, fiéis lotando os vagões da segunda classe transformavam-se em penitentes. Ela achou na mala o boné de feltro marrom e sugeriu ao marido:

"Ponha isto", ela queria ver como ficava. Riu só para atrair a alegria. Foram jogar na rua a baciada de água suja. Uns cães apareceram por lá.

RENZO

Ricordati, mio caro, questa verità. Nenhum pescador se mata por falta de peixe. Ecco, a viúva Berti e seus três filhos homens tinham um barco de pesca. Naquele ano, cosa strana, do Tirreno ao Jônico, mesmo na costa sul do Adriático, a vida se tornou dura para todos e não só para Renzo Berti, o mais velho dos irmãos. Como toda oração se completa com o amém, o mar se afasta e regressa a horas certas. Basta esperar. Ninguém se mata por isso. Va bene. E Dio salve il Re.

Mas il giorno fatale chegou para Renzo Berti alle due del pomeriggio. Ele se matou com um tiro no peito. Até o padre Arturo Caricati se surpreendeu: prova de pecado inexistente ou não confessado. Ninguém observara Renzo Berti tropeçando pelas ruas de San Giovanni, tremante e umiliato. Nada se sabia desse homem, de menos de trinta anos, que o ligasse às perversões clássicas. Contra a vontade da viúva Berti, ele se casara com Immacolata Mastrocola, de Nápoles, mas a velha gostava do neto, la faccia di mio Renzo. Ao longo do cais, só perceberam o tiro pelo espavento das gaivotas. Lá estava o corpo na praia rochosa, perto do costão e do bosque sombrio, onde se espalhavam urzes e a espuma do mar penetrava as grutas. Enquanto as autoridades se apossavam do revólver e do corpo, era um milagre aquilo ter disparado, foram dar a notícia a Immacolata Mastrocola Berti num dos atalhos da estrada de Reggio. A miséria produz santos e suicidas, ainda que não nas mesmas proporções, na Itália. Nas vindimas, era a época da colheita para o carrascão das tabernas. Alguém viu Immacolata Mastrocola Berti? Lá se estendia o cadáver de seu marido, a mão chamuscada, a areia na boca e nos olhos, os suspensórios de pano e os pés descalços, as unhas grossas e os calos amarelos, tomavam nota com precisão e pressa uns senhores de gesto cerimonioso e calma sinistra. Jamais perderiam pelo pobre Renzo Berti a hora da boccia. Moveram o corpo. O sangue escorreu pelos cabelos do peito. Uma das filhas da beata Anunciadina menstruou de medo e se retirou com ânsias para a Casa Paroquial. Já avisaram a mamma? Meu filho, bradou aos céus a viúva Berti. Vinha de luto por todas as mortes da família.

Foi numa quinta-feira, lembrava-se o padre Arturo Caricati com piedade e desconforto. Jantava-se melhor às quintas, Deo gratias. Seria grave pecado — para um sacerdote — lamentar os desígnios do Criador. Perdera uma alma para as forças das trevas. Não faria a encomendação do corpo. Porém, logo mais, na Casa Paroquial, depois da reza, Deus abençoaria o seu pastor com o gnocco da beata Anunciadina. Magro e sólido aos sessenta anos, de sapatos arranhados e memória esquiva, o padre Arturo Caricati conseguira as batatas holandesas no cais, pela manhã, com um marítimo de dentes verdes e gorro enfiado na testa até as sobrancelhas. Nesse momento, na consciência de Renzo Berti, a fé suportava um abalo essencial. Com molho de tomate e sálvia, atrevera-se a sugerir o pároco a Anunciadina. Solitário o jantar, como sempre, retinindo na ampla cozinha não só as louças, mas as murmurações da tragédia, ele partilharia o vinho apenas com as suas lembranças, e eram muitas, e ávidas. O seminário livrara-o da miséria. Não tinha vocação para os serviços de Deus nem para as dores do mundo. Aleluia. Aceitaria, segundo os cânones, a devoção servil da beata e suas filhas, vagando ao redor da mesa e contaminando de alho o santo terço. Comeria só, em silêncio, a não ser pelo arruído metódico da mastigação, sem convidados e com todos os botões do hábito na sua casa, rigorosamente. A culpa da intemperança requer testemunhas e batina apertada, estourando pelas costuras. Amarrotando o alvo guardanapo com os dedos curtos, limparia a boca e disfarçaria a regurgitação. Sempre acreditou na higiene da culpa, ecco, pela remoção de seus sinais aparentes. Não engordava diante de Deus e dos homens. Vencia quilômetros a pé. Era brando na penitência e gago nos sermões. Perdoava com lágrimas. Absolvia com intensidade e sofrimento. Se pudesse, encomendaria o corpo de Renzo Berti. Todo solo torna-se sagrado ao acolher nos sete palmos a humana carcaça. Mesmo a dos suicidas. Que a ira de Deus não me alcance desprevenido de prece e contrição.

Às vezes o vinho parecia fluir da adega do demônio, aveludado, insinuante e vicioso, e o padre fixava os semoventes, a sua volta, com um olhar reivindicativo e um sorriso seráfico, a atenção girando, tonta, pelas ancas da filha mais velha da beata Anunciadina. Senhor, afastai de mim este copo. Antes, deixai-me esvaziá-lo, Senhor.

Rezaria por todos os suicidas. Estão chamando o padre Arturo na rua. O que mais aconteceu, Dio mio?

O que aconteceu, Isidro? Arlindo?

Morreu o cachorro.

Por um instante, intenso ainda que curto, a notícia interrompeu a manhã para João. Vendo na horta abandonada uns restos de cal, bateu na soleira a ponta da bengala. Deu as costas a Arlindo e a Isidro Garbe. Internou-se pelo corredor até o depósito. Ajustou a viseira. Tinha trabalho a fazer.

IMMACOLATA MASTROCOLA BERTI

Procuramos Immacolata Mastrocola Berti num dos atalhos da via de Reggio. Nosso dever era avisá-la do suicídio e da viuvez. Ela não estava na colheita das uvas nem no lagar. Faziam parte de nosso direito o gozo e a louvação das dores alheias. Fomos na direção do rio até encontrar os alagados do arroz. O que vocês querem com Immacolata? O nosso segredo deixava pegadas no chão áspero. As mulheres nos seguiam, farejando a lágrima dos outros. Algumas já adivinhavam o sangue e continham entre os dentes e as mãos um riso de pavor. Logo, remexendo com preces o lodo de suas carências, obscura e compulsivamente ganiam de esperança. O cortejo estacou no laranjal. Então vimos a linda Immacolata Mastrocola Berti. Ajoelhada, ela amarrava as pontas duma trouxa de roupa. Uma obrigação ancestral nos impelia ao sofrimento possível, onde ele estivesse, para desencadeá-lo e conduzi-lo do estupor à fúria. Chegamos devagar. Com facilidade escolhemos as palavras da tragédia e rodeamos a bela mulher, mais curiosos do que solidários, para ouvir os seus gritos. Apoiando-se no cabo duma enxada, ela ergueu-se, tirou o pano da cabeça e tentou envolvê-lo no pescoço, o trapo caiu sobre os seus pés nus, de mármore sujo. Queríamos segurar Immacolata Mastrocola Berti, agora sem homem e com um filho pequeno. Ela agitou os cabelos castanhos e bruscos. Renzo Berti está morto, Immacolata. Aceite o meu braço. Aceite a minha sela inglesa, bella. Tenho uma vaca e dois bezerros. Nunca me faltou um porco para o Natal. Venha conhecer a minha plantação de abóboras e berinjelas. Vamos no meu cavalo, Immacolata. Há um lugar na boleia da carroça, signora. Por favor, acomode-se. Sou um bom napolitano, Immacolata, venha comigo. Ao redor, desgrenhadas e ávidas, as mulheres só aguardavam a licença dos deuses para lançar-se ao desespero altissonante e à sagrada lamentação da morte. Porém, nenhum sinal, nada se manifestava em Immacolata Mastrocola Berti, a não ser o segredo de seus olhos pardos e ferozes.

Pisou na trouxa de roupa e seguiu pela trilha até a estrada. Subitamente, a ausência da brisa nos ramos abafava a tarde, despertando o suor e a inquietação. Não seja tão teimosa, criatura, monte na groppa. O bando aumentava no caminho. Uma voz grave, de homem, anasalada e torva, puxou o terço enquanto as mulheres tentavam com timidez uma cantoria. Morram todos os jesuítas, arriscou-se o filho manco de Pietro Paolo Stumpo. Na estrada para Reggio, Immacolata começou a correr às cegas, tropeçando nas pedras soltas. Um coro de murmúrios a atordoava e perseguia.

Renzo foi embora porque quis. Mulher, sinta o pelego de minha mula. Ti voglio bene. Dio. Passione. De costas para Reggio e com o sol à direita, ela parou um momento diante da rua longa. San Giovanni alastrava-se por trás dos castanheiros. Immacolata retomou o domínio de seus passos. O peito arfava no vestido azulado e claro. Naquela mulher, a beleza da carne ajustava-se agora com precisão ao movimento do corpo. Logo percebemos e nos culpamos, era uma grosseria oferecer a Immacolata Mastrocola Berti os favores dum aconchego indigno. Sem saber, ou sabendo com dolorosa lucidez, ela espantava o pó de San Giovanni. Castigava o chão da cidade com a certeza de seu rumo. Uma procissão de impenitentes, ou uma passeata de bêbados, movia-se trôpega a sua volta. Portas e janelas se escancaravam. Ciao, Immacolata. Fizemos silêncio para acompanhá-la ao encontro do marido morto.

A ÓPERA DO DEMÔNIO

Da porta via-se o cômodo inteiro, até a passagem para os fundos, de pedras caiadas, mas escurecidas pelo abandono. Tinham esticado o corpo na mesa, de botinas, lenço no queixo, a calça boa e o casaco da missa. As mulheres da vizinhança, de xale e terço, encostavam-se às paredes. A sombra vinha dos vestidos negros. Ao reconhecer Immacolata Mastrocola, parada entre os batentes, a velha Berti levantou os punhos na medida de sua desgraça e mostrou o branco dum olho. Amparada por braços e rostos agônicos, ela desmaiou, pondo espuma pela boca e um tremor nas meias de fio de escócia, a liga abaixo do joelho. Atrás dela, além do quartinho onde secavam milho e cevavam ratos, curiosos estragavam a horta. Ouviu-se na rua um barulho de carroça. Era o marceneiro Pietro Paolo Stumpo, com o chapéu e o colete da pompa funerária. Ele sofreou o burro e logo atou as rédeas num gancho de ferro, sob a boleia. Saltou, e atrevido, dando uma volta vagarosa, de pernas cambaias, certo de seu prestígio e imponência, fez correr para fora das alças o pino da guarda, que pendeu com o rangido das dobradiças. Estava chegando o caixão de Renzo Berti.

Immacolata aproximou-se de Renzo, covarde, ela disse, você não demorou nada para decidir-se contra a vida, poltrão, ela disse, vida que também era minha e de nosso filho, traidor, ela disse, muito fácil foi esquecer a família e a esperança, malvagio, ela disse, eu que me arrume agora com a herança de sua fraqueza, brutta bestia, ela disse, e enquanto ao redor o pasmo, o pavor e as fúrias se acumulavam na feição dos outros, Immacolata esbofeteou Renzo, derrubou-o da mesa, codardo, prendeu-o pela gola do casaco e da camisa, ela enlouqueceu, disseram, chamem o padre Arturo, maledetto cane, ela disse e arrastou-o para fora da casa.

Perdido o tino, la vecchia Berti tremava tutta. Desde a morte de mio Renzo, impondo a autoridade da dor, apegava-se aos últimos ragazzi da família, os dois meninotes de jaquetão curto, a braçadeira do luto e o olhar parvo, ainda que insubmisso.

Vera bellezza, a de Immacolata Mastrocola Berti, jamais seria tão linda, e tão assustadora. O vento surgiu na esquina por onde ela passou, puxando o marido. O sol arroxeava as pilastras a leste de nosso cemitério. Não muito longo, mas acidentado era o caminho até lá, a rua calçada com pedras só até a ponte, também de pedra, e Immacolata rolou na descida o seu fardo. Concordamos que só o demônio seria capaz de tanto. Ninguém se atrevia a detê-la. Nem mesmo o padre Arturo Caricati, cujas bênçãos se atropelavam, alheias, aos pés duma cristandade tosca e selvagem.

Agarrou-o de novo pela gola e subiu a ladeira, agora entre os ciprestes cônicos onde a aragem silvava. Afinado com o vento, o murmúrio rancoroso e acuado das mulheres envolvia Immacolata Mastrocola Berti e o que restava do marido. Mais do que incrédulos, com um temor frio, com uma incompreensão que nos imobilizava ante os umbrais do inferno, vimos os cabelos dela embranquecerem de repente. E o seu vestido, dum azul nublado e alvacento, tornar-se negro como o fundo dos precipícios. O suor da pele lhe transmitia o luto.

Estamos com muito medo. Sabemos que uma cova espera Renzo no *limbo*, o trecho do cemitério destinado aos que nascem mortos. Ser suicida é como ter nascido morto, diz o filho manco de Pietro Paolo Stumpo. Ele e o pai vieram com o caixão. Passando com indiferença por pedestais de travertino e flores de cera, Immacolata larga o morto ao lado da cova. Ele perdeu o lenço do queixo e uma botina. Meu Deus. Os cabelos castanhos de Immacolata estão inteiramente brancos. Quem trocou o seu vestido? Os Stumpo deixam o caixão na terra fofa. Ali, ainda que sem a santificação do rito católico, Renzo Berti encontrará a paz do esquecimento. Ontem, com apreensão, recebemos a notícia de que os coveiros de Nápoles estão em greve. Graças a Deus, isso não acontece em San Giovanni. O corpo de Renzo já prenche o caixão, dando-lhe peso e melancolia, o rosto meio escondido na lapela rasgada, os membros jogados na tábua nua. Alguém teria achado no caminho a botina esquerda? Madonna. A velha Berti ainda não recuperou os sentidos. Agora, sob o sol poente, com os

Stumpo movendo a tampa do caixão e começando a ajustá-la, escutamos o choro e a prece de Immacolata Mastrocola Berti. Non piangere, signora. Non piangere. Senhor, a alma de meu marido não vingou. Eu a devolvo com esta oração para que seu tormento não a conduza por outros erros. Ela deve retornar ao Criador, ainda que pelas mãos duma triste mulher. Terei o direito, Senhor, de substituir o sacerdote num ato em que sua presença seria uma insubmissão aos cânones? Isso não me importa niente. Uma viúva raciocina como viúva, Dio, apesar dos códigos. Não ocupo o lugar de ninguém. Mas se o meu marido se afastou de mim, por vontade insana, eu não me afasto dele, na escuridão onde as heresias nos espreitam. Se estou pecando, Senhor, não me arrependo.

Mais fácil teria sido repetir as palavras da inteligência comum: "Padre nosso que estais no céu..." Os séculos comprovam a eficácia da reiteração desapaixonada e servil. Há nos cânticos do eco uma sabedoria que o tempo não desgasta. "Ave Maria, cheia de graça..." Porém, perdoamos a exaltação de Immacolata, cuja prece, confusa e espinhosa, tropeçava no idioma italiano e nos bons costumes. Relevamos o seu orgulho. Temos conhecimento de que, quando a sinceridade se faz inevitável, a dor e o desespero nos tornam originais, portanto inconvenientes.

Secamente, compassadamente, na testa estreita o cabelo cor de corvo, o filho manco de Pietro Paolo Stumpo martelou os quatro pregos da tampa e o caixão desceu entre as cordas. Iludimos o silêncio com a reza de sempre. Atiramos na cova a terra da despedida. Depois, as autoridades vieram numa carruagem de capota esfolada e tomaram nota de tudo.

A LOBA CALABRESA

Damos a vida por uma ópera. Italianos que somos, emocionadamente, carregamos ao longo da vida nossa provisão de bemóis e sustenidos. Além da direção religiosa e política, e isso aplaudiremos sempre, a verdade deveria ter guarda-roupa e cenário. Jamais resistimos a uma forte imaginação, sì, desde que com acompanhamento de orquestra e clamor de coro grego. A *Loba Calabresa*, dum ragazzo que vimos crescer em San Giovanni como carpinteiro e panfletário, Manco Stumpo, estreou num circo de Nápoles em 1903, mas logo saiu do repertório após um terremoto que dispersou os leões e matou um trapezista. Injustamente, a loba desapareceu no silêncio e no vazio crítico, menos o prelúdio do segundo ato, profundo e intenso, para solo de bombardino. Somos mais sensíveis do que os domadores de ursos. Até hoje nos arrepiamos com a criação febril de Manco Stumpo. A loba não era Immacolata. Era a vecchia Berti, a mãe de Renzo. Ela, com os direitos do ventre e a simetria da loucura, no terceiro ato, afundava unhas e garras no chão do cemitério, em busca do filho, e o desenterrava no quarto ato, esverdeado, mas ainda belo, Renzo mio, expondo-o à misericórdia solene e terminal dos céus para implorar em nome do suicida a indulgência plenária e outras bênçãos. O respeito pelas misérias humanas e o orçamento da montagem negaram a Manco Stumpo os palcos ou os tablados de San Giovanni. Porém, tal o poder anônimo e difuso da sotaina, os jesuítas proibiram a encenação da ópera em Aspromonte e em Messina. Durante muito tempo, a vinho tinto e a pragas anticlericais, Manco Stumpo manteve o seu ódio. Depois, em 1908, reapareceu na cena lírica com *Os Funâmbulos de Rimini*.

O CÉU DESERTO
DA CALÁBRIA

Um dia, um dos irmãos de Renzo, Andrea Berti, agora o mais velho, pegou uma faca de escamar e destripar peixes, escondeu-a sob o paletó e sem ser notado por ninguém deixou a barraca pelos fundos. Uns pescadores cantavam ao redor duma fogueira quase extinta. A madrugada acolheu Andrea Berti nas sombras até a casa de Assunta Mastrocola, então na ladeira depois da ponte e dum carvalho antigo. Tinham ido para lá Immacolata e o filho, la faccia de mio Renzo, após o enterro. Andrea decidira matar Immacolata. Adunco e curvo como um calabrês emboscado, comprimiu no suor da mão o cabo da faca e espiou pela vidraça onde tremia a luz duma vela. Nenhum som nas árvores negras. Andrea viu Immacolata. Foi como se tivesse visto o sofrimento. Reconheceu-o logo. O sofrimento na família, ainda que repartido por todos, permanece inteiro em cada rosto.

Andrea afastou-se, áspero e seco, para longe dali. Seu lugar era no meio dos peixes. Caminhou para a orla e gozou o conforto de ouvir o canto dos pescadores. Um agachado diante do mar, outro sentado na saliência duma rocha, o que estava em pé mascava tabaco, olhavam todos a cinza despegar-se das brasas, na areia, mas saudaram o ragazzo que chegava:

"Ciao, Andrea."

Acrescentemos que uma semana depois, não antes, Pasquale Ugo Mastrocola, pai de Immacolata e Assunta, militar com o soldo da reserva, veio de Nápoles para estabelecer uma locanda em San Giovanni. Trouxe carroça, baú, arreame e dois cavalos. Viúvo, restava-lhe apenas um pulmão para respirar os odores do Tirreno, embora ruidosamente, e manter em segredo as glórias ou desastres da carreira. Seria tenente-coronel, ou major, talvez não passasse de bersagliere, soldado da infantaria ligeira. Teria lutado contra os boers no Transvaal, pouco se sabe. Não era tão velho, nem sardo, para ter sobrevivido aos episódios da Crimeia, conhecemos história e a divulgamos nos caffè. Pelo menos em San Giovanni, Pasquale Ugo Mastrocola jamais entrou num caffè. Teria entrado na história? Usava colete abotoado e chapéu de feltro.

Era alto e solitário, de olhar claro, quase vazio, a testa vincada. Nada fez para merecer nossa intimidade, e mesmo nossa confiança, desde que não bebia, não sentia o apelo das cartas e das mulheres, e nunca esperava a missa terminar. Na praça da igreja, a caminho de casa, ou da praia, respondia aos cumprimentos com um simulacro de continência. Seria de baioneta a cicatriz que lhe marcava as costas até o pescoço, ou os estilhaços duma granada de mão, pouco se sabe. Era diferente dos clérigos. Estes não se importavam de exibir nos varais a roupa brança e a batina. Ecco, nunca nos foi dado admirar na janela ou na cerca, arejando ao lume do sol ou da curiosidade, o uniforme militar de Pasquale Ugo Mastrocola. Lembremos, porém, que ele soltou os cavalos no pasto só depois de ter consertado os palanques apodrecidos. Na guerra, estragos e medalhas se confundem.

Logo que retornou aos vinhedos, e ela andava só e rígida pelos atalhos, os caules pecos estalando nos seus passos, aconselhamos Immacolata Mastrocola Berti a tomar uma sopa de vinho e pão sobre a campa de Renzo. Esse rito, de contrição e crença, de eficácia tantas vezes revelada na Itália, esta terra de santos vingadores e piratas milagrosos, apenas protegeria a bela Immacolata contra a vendetta ou as perseguições da família Berti. No entanto, livrai-nos dos ingratos, Senhor, vimos Pasquale Ugo Mastrocola limpar com flanela e óleo um fuzil, na porta da locanda, sentado nos degraus de frente para a rua e mirando o céu deserto da Calábria.

GRAÇAS A SAN CATALDO

Os Gobesso viram Immacolata Mastrocola Berti um pouco antes do jantar. O brilho *maligno* de seus olhos inquietou Matilde, e ela procurou amparo na sólida visão do marido. Curvou o pescoço e se distraiu com as manchas de azeite na mesa nua. O sofrimento prova, ao menos, a existência do inferno, e um jesuíta da Ligúria apontou nessa frase de Manco Stumpo uma blasfêmia. Fernando cumprimentou Immacolata com um aceno de cabeça. Resignada e tardia, modulando os ossos do rosto, a beleza daquela mulher perdera o contato com a esperança. Grisalha, sóbria e de avental estampado, apegava-se ao trabalho anônimo e não mais ao luto. Apesar do credo católico, e da tirania de seus juízos, nada havia de maligno em Immacolata.

O garoto, Luca, já estava com quatro anos e aprendia com o avô o uso teórico do armamento militar. Uma família de Ragusa tratara a hospedagem até domingo. Agora, na cozinha e com a ajuda de Luca, Pasquale girava a manivela do moedor e acumulava numa vasilha a pasta de toucinho, alho e alecrim. Isso no meio do pão de trigo autorizava a crença nos milagres.

Diante do escasso fogo da lareira, a família de Ragusa mastigou e rezou discretamente. Sem parecer hostil, Fernando evitou-os, baixos e morenos, o homem de caspa no capote, a mulher de mandíbulas marciais e um rapaz de óculos e espinhas tímidas. Gobesso não confiava nos conhecidos: mas só desconfiava dos desconhecidos. Terminou o vinho e arrastou a cadeira para trás. Disseram-se boa-noite à maneira de Brescia, de boca apertada. Só no quarto ele avisou Matilde, soprando a voz grave enquanto se despiam, de costas um para o outro, viajaremos para Potenza amanhã cedo, passando por Catanzaro, Lamezia e Cosenza.

"Graças a San Cataldo", Matilde encolheu-se sob a coberta. Com apenas um remendo, a colcha era nova, pesada, e de suas dobras exalava-se um cheiro de grama. Fernando apagou o lampião da cômoda e o escuro os envolveu num âmbito de ansiedade e silêncio.

"Por quarenta liras e a polenta da jornada, vou guiar um carroção polonês com duas mulas e os trens dos donos, dois baús, um tonel de vinho, um engradado de galinhas e até um saco de milho para os animais."

"Quarenta liras..."

"Pobre não escolhe cifra."

"Em Potenza esse vinho será um belo vinagre."

"Não todo", riu Fernando.

"E por que os donos não guiam?"

"Um casal de velhos. O único filho homem precisou voltar a Messina com urgência. Não são peregrinos", e Fernando reconheceu com o corpo o calor de Matilde. Os velhos ficariam com o resto da família numa aldeia perto de Potenza, ele falou antes de abraçar a santa esposa. Desajeitados, primeiro ele, depois a mulher, começaram a pecar com suavidade. Apesar do rangido da cama e da consciência, o prazer logo diluiu o arrependimento. Primeiro Fernando, Matilde em seguida, usaram com cuidados meticulosos a ponta molhada duma toalha, depois a seca. Um não queria escandalizar o outro. Confusos a respeito do perdão divino, mal aparecia, mas a mulher estava grávida, dormiram depressa e de mãos dadas.

VIAGEM

Pela manhã, depois do café e sem que Immacolata se desse conta, Matilde redimiu-se de seu retraimento. Ao despedir-se dos Mastrocola com um sorriso vulnerável, afagou a cabeça de Luca. Era 1901, Ano Santo, um frade capuchinho invadira a antecâmara dos aposentos papais e proclamara-se o sucessor de Pedro, sendo preso, o insensato, e recomendado para a contrição no convento de origem, até o demônio era peregrino, com o apoio de Pérez Galdós vedavam-se aos jesuítas os púlpitos da Espanha e da França, Leão XIII escrevia mais um poema em latim, romeiros ingleses, espanhóis, suíços, franceses, bávaros e húngaros, com pertinácia e crença, sitiavam a Basílica de São Pedro, larápios, escondidos à noite na Igreja de Santa Sabina, em Roma, furtaram a famosa Nossa Senhora de Battista Salvi, e Luca, na Villa di San Giovanni, encostou por um instante o rosto no colo de Matilde Gobesso.

"Addio, signora."

Expulsos de sua terra pela pressão do imposto e da ruína, absorvendo a lição cotidiana da fatalidade e da desistência, trinta mil camponeses e operários chegavam a Nápoles, em 1901, diante do mar e do desconhecido, dispostos a atravessá-los. Iriam para a América do Norte, a Argentina e o Brasil. Preparavam-se vinte e dois vapores para livrar a Itália dessa carga. Ainda bem que alguns padres, a quem não faltavam caridade e ânimo, e por uma espórtula módica, benziam no cais os passaportes, os terços e as medalhas.

"Addio, Luca."

A FAMÍLIA UGOLINI

O colchão ocupava pouco espaço no fundo da carroça: mole, quase um acolchoado, parco o recheio de palha, enrolado e atado com um tirante de couro. Encolhidos, menos de frio do que de abandono, sentados ali, os velhos Ugolini esperavam o ragazzo que os conduziria a Potenza. O filho se despedira antes de clarear o dia. Reconheceram Gobesso e sorriram com simpatia e tristeza. Uns a pé, outros a cavalo, um grupo de romeiros acampou na esquina, sonolentos, olhando com temor o padre no adro da igreja. Sentiu-se logo um cheiro de mantas mofadas e o suor das selas. Prestativa, a signora Ugolini ajudou Matilde a acomodar os sacos de lona e a mala de papelão com capa de oleado. O barrilete de água de San Giovanni e o farnel ficaram no estrado sob a boleia.

Tão cedo, já fritavam por ali a polenta matriarcal. Um vinho forte manchava as canecas com moderação e respeito. Cada relincho parecia corresponder a um óbulo de esterco verde. Com euforia, desde que a caminho da Roma de Leão XIII, hinos e rezas se embaralhavam sem desafinar a fé. Estalavam chicotes e gritos. O ar da praça fremia com as esperanças soltas.

Tudo isto e mais o que aconteceu depois criaram um significado não só para a inteligência dos Gobesso, mal tinham tempo de exercê-la, mas para a fadiga e as dores do corpo. Mil liras não preenchem uma arca, disse o velho Ugolini numa noite de estrelas geladas. Porém, a vida se resume a mil liras, e ao vazio da arca.

Recordariam até morrer. Com a face para o nordeste, rumo a Catanzaro, distanciavam-se cada vez mais do Tirreno, e portanto da Costa Viola, a orla de Gioia Tauro e San Giovanni, cercando as areias de Palmi e mais adiante as de Bagnara, onde o azul antigo do mar e das vertentes rochosas se mesclavam. Viam olivais e figueiras. Logo à tarde, depois dum bosque de abetos, não se percebia mais a presença do mar. Perto de Catanzaro, quando o céu ilusório e rosado se debruçava sobre um outeiro, a aragem mexeu nos galhos duma faia e revirou o avesso prateado de suas folhas. Sempre que podiam, almoçavam com a carroça em movimento. Assim evitavam a lamúria dos falsos peregrinos. O velho Ugolini mantinha no estrado uma Bíblia e uma espingarda de caça, ao alcance da mão e da alma. Foram interrompidos por um vento leve que, por um instante, devolveu-lhes a visão do Tirreno. Até morrer, lembrariam o rangido das carroças e o lamento das preces.

Logo verificou Gobesso que a hospitalidade dos mosteiros, ao longo das vias, limitava-se a quem pudesse compensar os obséquios. Una notte azzurra, si vedova da lontano un giardino di aranci. O velho Ugolini saiu às escondidas, varou uma cerca e retornou com o paletó armado em trouxa, nas costas, cheio de laranjas e folhas para um chá. A signora Ugolini sacudiu o paletó e examinou-o contra a lua. Os espinhos não fizeram estrago. Matilde e a signora tomavam conta das galinhas e não deixavam o engradado feder. Ao todo, durante a viagem, só quatro frangos morreram. Deram bom caldo e as penas foram enfiadas numa fronha.

Gobesso jamais se descuidava das mulas e da carroça. Mesmo no pátio duma taberna em Lamezia, ele travou a parelha e esperou na boleia — com a espingarda a tiracolo — o caldeirão dum brodo que Matilde trazia. Serviram-se em pratos de ágata, seria de ferro a concha, pesada, com cabo de carvalho, eles procuravam sorrir. Os Ugolini voltavam da taberna com uns nacos desfiados de carneiro e pão de trigo. Dividiram a refeição com os Gobesso. Cerimonioso, o velho fez saltar dum garrafão a rolha de sobreiro. Fernando, antes de levar a caneca ao nariz, derramou algumas gotas na manga do paletó. O vinho não resvalou no tecido. As gotas não tremeluziram, ralas, o pano as absorveu numa nódoa avermelhada. O vinho não era dos bons. Fernando bebeu-o sem piscar.

Acabaram formando uma família. Já num atalho para Cosenza, o velho Ugolini ameaçou caçar na floresta. Gobesso o dissuadiu, sugerindo mais uma caneca, sob o olhar precavido das mulheres. Dormiam cedo, na carroça. Faziam uma fogueira tribal, como os romeiros, não só para requentar a polenta e os assados, mas para assinalar, dentro da noite, que estavam ali e tremiam sob a força dum Deus cego. A signora Ugolini não escondia o seu pavor diante dos animais noturnos.

Na hora de lavar-se, desaferrolhavam a guarda da carroça para descê-la em semicírculo até calçá-la com um forcado. Improvisavam assim a mesa. Punham em cima o bacião. As donas sempre mereciam algum conforto. Não bastava vê-las sumir no meio do mato com um balde de água. Matilde e a signora, com recolhimento e pudor, compensavam o alarido dos homens que, nus da cintura para o pescoço, comparavam antigas bravatas e desperdiçavam água.

Os Gobesso sufocavam a intenção de pecar. Porém, longe dos Ugolini, tentavam pecar por pensamentos e palavras não proferidas, quase audíveis, criando uma intimidade na culpa e no silêncio. O máximo que conseguiam era diluir o desejo na ternura. O arrependimento por essa virtude não os consolava. Só o arrependimento pelo pecado nos aproxima de Deus.

BASILICATA

Recordariam a alegria tensa da família Ugolini, de Potenza e Salerno. Chovera durante a tarde e o tempo esfriara. Cuidava-se para que não entrasse na casa a lama da estrada. Gente loura, de olhos incertos. As filhas e os genros abraçaram os velhos educadamente, distraindo o nervosismo, na justa medida com que se recebem na porta as bocas obrigatórias e os estômagos inúteis. Non ostante, uma agregada sem dentes e de pernas em arco, Dio, sacrificou uma galinha em nome do reencontro. Alguém jogou um toco de lenha na lareira. Uma das mulheres, de rede nos cabelos, não parou de varrer o alpendre. Até os netos pareciam esquivos. Em 1901 não se comprava nada com mil liras. Era duro ganhar uma fração disso.

Os homens saíram da sala após o jantar. O peso dos sentimentos incomodava-os. Ocuparam os pelegos e os bancos do alpendre. Um não encarava o outro. Pertenciam a uma família, Deus era testemunha, mas não se sentiam solidários nas despesas excedentes. Na porta da cozinha, calculou Matilde que um dos homens, o que acendeu o lampião enquanto andava, propunha algum negócio a Fernando. Eles se afastaram até a carroça da viagem, agora sem as mulas e com os varais para cima. O homem pendurou o lampião na guarda.

Nessa noite, os Gobesso dormiram no celeiro, mas uns ragazzi Ugolini também pousavam lá. Não faltou fervor às orações de todos. Pairava no ar um cheiro de alho. Bem juntos no cobertor, sobre a palha, não acreditavam, já estavam na Basilicata. Matilde indagou:

"O que o homem queria?"

Não demorariam em Potenza, apenas aliviariam os ossos, iriam depois do almoço para Matera com a mesma carroça, a que o mais velho dos genros, Agostino, atrelaria uma parelha de cavalos descansados. Gobesso carregaria para um depósito no bairro de Sasso Barisano, de Matera, açúcar de beterraba.

"Imagine", interessou-se Matilde.

Fernando logo encostou a cabeça no colo da mulher. Ajustara o transporte por sessenta liras. Voltariam com fardos de sacos vazios. Por mais sessenta liras, viajariam com outra carga de açúcar para Salerno. Estava escuro, Matilde não precisava sorrir, balbuciou um Deo gratias. Exaustos, afundaram no sono, sem ouvir os pios noturnos e o riso dos ragazzi.

GIUSEPPINA

A casa de Giuseppina, no bairro de Sasso Barisano, alinhava-se com outras num outeiro íngreme, todas escavadas na encosta calcária, com ruas que davam para arcos, degraus e becos. Via-se do topo, com os telhados pardacentos e os paredões onde mirrava a hera, ou qualquer vegetação anônima, um casario a que se agregavam as ruínas do descuido. Matera, da Basilicata, parecia banhada em água de argila e limo. De madrugada, Gobesso desceu os degraus circulares duma ladeira com o cunhado, Giorgio Pietrojusti. Mais velho que Giuseppina, terroso e torto, a roda duma carroça deformara-o num ombro e no braço. O aleijão lhe encompridava à esquerda a aba do paletó. Trataram dos cavalos e resolveram na praça o transporte de dois tonéis de azeite para Potenza.

À tarde, uma lamparina ardendo no oratório e na paz doentia das despedidas, Matilde mostrou a Giuseppina o cristal de Murano. A irmã se lembrava de Salvatore Conti, de Trapani e do Golfo de Palermo, ela juntou as mãos, tão magras, e uma rara convergência de pingentes azuis e cor de água cintilou no fundo de seus olhos. As irmãs rezavam o seu último terço. Giuseppina morreria em 1910.

Foi também numa tarde desesperada que o doutor Gabriel Cesarino Vasconcelos de Abreu, em 1955, irrompendo pelo mormaço da dúvida e do medo, entreabriu o portão sem raspar as dobradiças. Fechou-o cautelosamente, dando as duas voltas da chave. Desabotoou o jaquetão de linho checo e puxou o revólver, ocultando-o atrás da gravata inquieta. Parou sobre um capacho de fibra de coco. Do outro lado da Floriano, os braços no balcão, Neide Simões imobilizara o olhar globuloso e parvo. O doutor Gabriel percorreu a passagem do alpendre até um arco de heras entre dois pilares de chapiscão cinza. Entrou. Contornou a cristaleira onde luzia uma travessa de pingentes azuis com aros cor de água. Meio século atrás, a peça, íntegra e fria, acolhera no Estreito de Messina un dolce di riso, latte, zucchero e cannella. Logo depois ouviram-se os tiros.

ESCONDERIJOS DE MONGES E LADRÕES

Carregada, pronta para a viagem, deixaram a carroça na porta do depósito, aos cuidados dum bracciante mudo para quem cinco liras era dinheiro. Os varais já estavam voltados para a primeira ponte e a estrada de cascalho. Disseram-se adeus, irremediavelmente. Olhando lá do alto a cidade áspera, a dezena de chiese rupestri, cavados na rocha os esconderijos de monges e ladrões, os Gobesso começaram a andar pela viela. Fernando na dianteira, às costas os sacos de lona parda com debrum de pele de cabra. Matilde logo atrás, a mala de papelão com capa de oleado, o farnel e o barrilete com água de Matera, Madonna della Bruna, não pesavam quase nada. Devagar, Giorgio Pietrojusti descobriu-se e apertou o boné contra os botões da camisa. Giuseppina acenou da janela, o cotovelo no peitoril, esbarrando num vaso de terra árida.

Santuário ou sina, o dom de Matera, na Basilicata, era criar o silêncio e fazê-lo ressoar por telhados e escadarias. Com um estalo do relho, os Gobesso afastaram-se da Piazza Duomo para entrar na Via San

Biaggio. Admiraram as igrejas de San Domenico e de San Giovanni Battista. Menos pelo hábito da fé do que da esperança, eles balbuciaram orações e pedidos obscuros. Tinham o pensamento na ponte e na estrada de cascalho.

Não se enterram as lembranças, disse Isidro Garbe. Lembranças não são cachorros mortos, disse Isidro Garbe. Eu sou as minhas lembranças, disse Isidro Garbe. O sol, na manhã lavada e brilhante, feriu-o nos olhos. Ele piscou, e na bancada junto ao pilar, esfregando um toco de vela entre as farpas dum serrote, quis lembrar o nome do cão morto.

TUTTI MALEDETTI

Estados Unidos, 1901. Sucedendo a McKinley, morto num atentado, o presidente Theodore Roosevelt estuda um projeto de lei estabelecendo a exclusão dos chineses do território norte-americano.

Sabiam os Gobesso, cada volta nas rodas da carroça era uma fatalidade e uma perda. Em derredor, as montanhas da Basilicata, calcário e morada dos falcões, guardavam o horizonte como esculturas do acaso.

Brasil, 1901. Por exigência da higiene, os imigrantes que tiverem de desembarcar em portos nacionais, de agora em diante, deverão submeter-se a desinfecção pessoal e nas bagagens grandes.

Pareceu aos Gobesso que a família Ugolini não se importou com a carga acrescida dos tonéis de azeite. Fernando já os descarregara numa estalagem sombria, depois do morro onde se divisava Potenza. Podia calar-se sobre o carreto. Mas a sua obrigação era não esconder nada e falar quanto recebeu. Porca la miseria. Um Ugolini balançou o ombro. O outro deu as costas a todos. Matilde foi ver os velhos.

Brasil, 1901. Num telheiro de zinco que pertenceu

à Companhia Viação Paulista, próximo ao mercado da Rua 25 de Março, no centro de São Paulo, acham-se em completo abandono várias famílias austríacas, chegadas umas da Europa, outras do interior, e que, padecendo fome, recusam-se a trabalhar e insistem na repatriação. Há enfermos e lamentações de morte.

Logo pela manhã, com sacos de açúcar de beterraba na carroça, os Gobesso partiram para Salerno. As mulas eram as de San Giovanni e reconheceram Fernando. Nas cercanias de Salerno, antes que entrassem numa piccola piazza, cercada de telhados negros que ameaçavam desabar sobre as casas, esperava-os um Ugolini alto e seco, de poucas palavras, os cabelos cor de palha e os olhos azulados. Tinha roupa de carvoeiro. Assumiu a boleia e as rédeas, fiscalizou de esguelha a retirada da bagagem e gritando com as mulas foi embora sem se despedir.

Rússia, 1901. Quando faltam alimentos para a sua subsistência, os russos deitam-se a dormir a maior parte do tempo. Isso no inverno. Empregam esse meio para se acostumar à fome e não comer nada. Quando o chefe da família tem certeza de que a quantidade de centeio colhido não chega para passar a inclemente estação, impõe tais medidas para restringir o consumo. Toda a família se prepara para dormir, pelo espaço de quatro ou cinco meses, os olhos fechados para os seus ícones, esforçando-se cada um por mover-se o menos possível, para não gastar calor e perder força, e resistindo à dieta com a impassibilidade dos mortos. Esse costume de hibernar, chamado liojka, pratica-se em distritos inteiros. Mesmo a necessidade absoluta mal interrompe o sono. Em seguida, todos retornam à quietação e ao silêncio.

Os Gobesso desembarcaram em Nápoles pelo trem noturno. Matilde tomara o cuidado de não viajar de costas para a locomotiva. Mesmo assim, enjoou.

Itália, 1901. Um ciclone desabou hoje sobre Nápoles e arredores, causando enormes prejuízos. Aumenta a cada hora o número de feridos e desabrigados. Várias casas desmoronaram. A fundição de metais Luca e a estação da estrada de ferro de Poggio-Reale sofreram grandes estragos.

O passaporte. Gobesso, Fernando, oriundo da cidade de Palermo, Sicília, tendo por destino o Brasil, América do Sul, acompanhado de Matilde, sua moglie. Idade. Altura. Peso. Qual é a cor de seus olhos? O rei já não era o pobre Umberto I, de Savoia, que o anarquista Bresci assassinara um ano antes, a tiros de pistola. Porém, a proteção real do Estado italiano, pelo menos no documento, honrava os expulsos. O contrato de transporte para o marido e a mulher. "Perca a vida, ragazzo, mas não perca isto", o padrinho Orestes Moscogliato enfiava os papéis numa pasta cartonada. Girou o anel no dedo. Estaria emagrecendo? Apesar do ciclone, e com dificuldades mínimas, ele cuidou de tudo.

Brasil, 1901. Ontem, à tarde, o diretor da Hospedaria dos Imigrantes, em São Paulo, solicitou auxílio da polícia para impedir que imigrantes entrassem na enfermaria, em visita a seus doentes, parentes ou amigos ali recolhidos, o que é vedado pelo regulamento da casa. Essa medida foi determinada por quererem os imigrantes entrar à viva força na enfermaria. O destacamento da imigração foi reforçado.

Orestes Moscogliato não precisava emigrar para a América. Sócio da Luca, a fundição de metais, lá colocara dois filhos. Um deles queria ser padre. O pai corrigiu-lhe a fé a golpes de relho. A mulher de Orestes, Rossana, a mais velha dos Lunardi, mantinha uma oficina de costura nos fundos da casa, com cinco operárias. O ciclone não perturbara os Moscogliato, a não ser pelos danos da Luca. Todavia, o desastre se limitou ao muro da fachada e a um galpão de rejeitos, além de vidros quebrados e lama por fora das caldeiras.

"Mil liras e uma arca", os Gobesso abraçaram os padrinhos. O baú trazia a marca da Maison Ph. Lehmann & Cie, de Lausanne, Suíça. Specialité de malles en plaques armées. Rue de Bourg, 10, ateliers et entrepôts dans la même maison.

Abatido, não tanto pela idade, mais pelos impostos do finado Umberto, Moscogliato preservava a cabeleira de maestro e o ânimo vociferante.

Rossana requentara à noite a abobrinha recheada do almoço. Acrescentara a pasta e o vinho. Quando moça, cobria a boca na palma da mão para coibir a audácia dos dentes grandes e saltados. Agora, quase sem dentes, conservava o gesto. Matilde apreciou a salada de laranja com azeite, alho e alecrim, comum na Sicília. Abaixando a cabeça para o prato, viu o garfo escorregar e sentiu-o retinir, Rossana se entristecia pelo exílio dos Gobesso, tão jovens e sem lugar no mundo. Siciliana de Bivona, um de seus irmãos perdera a sanidade nas minas de enxofre e vencia as tardes perseguindo nas montanhas o cincerro das cabras e as gaitas de esquecidas novenas. Mas sabia encontrar na floresta os caracóis que ferventava num tacho e comia com chicória e figo-da-índia.

Itália, 1901. A nova linha férrea projetada entre Roma e Nápoles eliminará o percurso atual de duas horas e meia e facilitará enormemente o tráfego entre as duas cidades, para o qual é precária a linha em uso.

Moscogliato contratou com a ferrovia o fornecimento dos trilhos até Santa Maria Capua Vetere. Ninguém arrancaria mais do que isso dos romanos, Moscogliato enche o seu copo e o de Gobesso. O monopólio do transporte ferroviário é do Estado, ele diz e entorna o vinho, mas na Itália os banqueiros e os cardeais são o Estado. Oremos, olha a garrafa sem paixão, desde que vazia e inútil. Nápoles, la poverella. Florença, il museo. E Roma, la puttana.

Brasil, 1901. Adolfo Rossi, na *Gazeta de Notícias*, conclui que o Brasil é a hecatombe dos italianos. Quase todos os fazendeiros se orgulham de ser escravagistas, com o ego feroz e o sentido na exploração do trabalho alheio. Sem os negros, mas não habituados à Abolição, eles desconsideram os contratos e suspiram pela volta dos castigos físicos. Permitir a imigração de italianos para o Brasil é um crime.

Repetiram a abobrinha recheada, menos Rossana e o mais velho dos ragazzi, o que perdera a vocação com uma surra do pai. Longe de parecer ressentido, ele saíra aos Moscogliato, meio louro, avantajado, os braços na mesa e a atenção na janela. Sem abusar, aceitava o vinho da jarra e às vezes se interessava pelo rosto do pai, não por muito tempo. Já no irmão, mais baixo e escuro, acentuavam-se o mistério e o falso comedimento siciliano. Mal erguia os olhos do prato.

Nápoles, 1901. O Don Marzio sustenta a utilidade que há para a Itália em favorecer a emigração para o Brasil.

Há dois anos, e Moscogliato arranca do pescoço o guardanapo, no começo de 99, o meu amigo Giovanni Agnelli fundou uma empresa de automóveis e me convidou para sócio. Mas como deixar Nápoles? Ecco, não tolero os piemonteses, os lombardos, os toscanos, tutti maledetti, e já me afeiçoei aos trilhos de minha fundição. A ferrovia é o futuro, Gobesso. Não creio que a fábrica de Agnelli progrida. Chama-se Fiat. Você já ouviu falar, Gobesso? Levantou-se e olhou os filhos com uma tirania amorosa e telúrica.

Brasil, 1901. Depois de muita discussão, aceitou-se a proposta para o fornecimento de rações e dietas aos imigrantes. Sob controle rigoroso, a liberalidade será praticada nas diversas hospedarias do Estado. Mas só durante o exercício de 1902.

Gobesso entendia de cavalos. Trabalhava na correção de aprumos, na aperação de cascos e até no ferrageamento. Sabia também de mulas e jumentos. Gostava mais de cavalos do que de cães. Conseguia domá-los sem atingir o seu orgulho.

Falta molho ao macarrão. Teria sido em Saragoça? Sei que aconteceu numa abadia da Espanha. Eu ralaria mais una fetta de queijo. Uns ateus se armaram de paus e pedras e tentaram entrar à força no recinto sagrado, certamente para surrar os frades e experimentar o bom vinho do mosteiro. Imagine, Gobesso. Os monges, além de sandálias e rosários, tinham espingardas de caça. Rechaçaram o ataque com orações e chumbo, ambos mortíferos. Diante de Moscogliato, Gobesso ri pacientemente.

Londres, 1901. A Academia de Medicina recebeu um inquietante estudo, cujo subscritor, um bacteriologista, protesta contra a falta de higiene nas igrejas e especialmente nas pias de água benta, onde a aglomeração de micróbios é superior à que se verifica na imuncície dos esgotos.

Puseram os sacos de lona dentro da arca. Um pouco trêmulo, Fernando guardou a chave no bolso do colete. Rossana preferiu despedir-se ali no portão, disfarçando o nervosismo no avental. Moscogliato e os Gobesso foram de charrete ao cais de Nápoles. Pelas ruas, entre as casas assobradadas e cor de argila, vizinhas de janelas opostas estendiam a roupa nos varais. Uns cargueiros de cascos negros impressionaram Matilde. Atrás de barricas e engradados, na manhã crua, malas de papelão, trouxas e baús se arrastavam pelo chão de cimento, resvalando em sapatos de vaqueta ou em pés nus. O orgulho perdido, via-se nos homens a resignação do gado. Calculou Moscogliato uns duzentos banidos da fame. Rasgaram uma stampa de Vittorio Emmanuele

III. Nem o vozerio encobriu uma injúria contra o papa Leão XIII. Ladrões e cornos eram evocados com mágoa. Veados inéditos ganhavam a consagração do rancor. Mas a maioria se ajoelhava diante dos padres, e de cabeça baixa, criando uma esperança para ter em que acreditar, aceitava a bênção dos passaportes.

Dio mio, trocaram só os abraços, não as palavras.

O vapor, Ravena C, desatracou do cais. Na amurada, gritavam e acenavam com os lenços. Entre eles devia estar algum genovês, porque ele soltou o lenço no ar. Todos fizeram isso. Por um instante, uma revoada de lenços pairou sobre o mar da Itália.

AS DIFAMAÇÕES
DA AMIZADE

Roma, 1901. Sua Santidade, o papa Leão XIII, celebrou em magníficos versos latinos a inauguração duma cruz de vinte metros de altura, erigida esta manhã no píncaro do Monte Capro, nas cercanias de Carpineto, vila da província de Piacenza.

Nos aplausos dos fiéis, ressoavam os cânticos da Graça e da Misericórdia. O Divino Salvador estava ali, sob um céu de igreja, mais do que em qualquer outro lugar. Deo gratias.

Vagarosamente, ainda com o olhar seco e o passo inseguro, Orestes Moscogliato retornou ao ponto dos cocheiros onde deixara a charrete. Mulheres catavam esterco de cavalo com a mão e lotavam velhos e arruinados baldes de folha de flandres. A visão dum eclesiástico, na piazzetta, fez Moscogliato vibrar o chicote. Pensou nos lenços e no tombadilho do Ravena C. Haverá algum sentido na decisão dos escorraçados?

Orestes Moscogliato não reencontraria os Gobesso. Porém, e durante muito tempo, bastava fechar os olhos — agora não tão secos — para enxergar claramente

Fernando com o baú às costas e os ombros vergados, caminhando à frente da mulher, obstinado e rude; e Matilde logo atrás, abraçando a tralha e a prenhez com a confiança dos cegos, a força dos inocentes e a fé aturdida dos desenganados. Moscogliato balançou as rédeas nas ancas do animal e cumprimentou os cocheiros com as difamações da amizade. Ciao, fetore. Finocchio. Figliastro duna puttana.

CARTAS

Rossana, sofremos muito na viagem, Dio, o cheiro da miséria nos obrigava ao vômito e a um desespero calado, quase egoísta, você acredita que a gravidez não me pesava? Em Santos tive um pressentimento, o mar ainda me agoniava, o terço me esfolava a mão, pedi ao Fernando para tirar as lonas de dentro da arca, não era nada fácil, ele não se irritou comigo, não posso fazer isso, Matilde, mas eu implorei e ele conseguiu aos gritos. Por pouco não foi preso antes do desembarque. Pensei, alguém da alfândega percebeu o meu estado e se condoeu. Jesus existe no Brasil. Rossana, esconda isto do Orestes, *perdemos a arca na desinfecção*. Só pode ter sido vendetta de quem brigou com o meu marido no navio. Chorei durante toda a viagem de trem para uma fazenda de café em Santana Velha.

Rossana, temos uma casa de dois cômodos sem forro e sem assoalho. Ainda bem que salvei os sacos de lona. Ontem arranjamos com uns calabreses um colchão de palha. Nasceu de madrugada Orestes Gobesso.

Rossana, recebi a sua cartinha e de seus dizeres estou ciente. Não se preocupe. Aqui nunca falta carne de porco e de frango, que conservamos num caldeirão de banha. Temos arroz e ovos até de pata. Na lavoura, comemos polenta de gamela, às vezes com linguiça. Sempre levamos duas garrafas, uma de leite e outra de café frio, arrolhadas com uma bucha de palha de milho. Nossa casa agora tem mobília, poço e forno. Engravidei de novo.

Rossana, o Fernando comprou um cavalo manco. A família do fazendeiro não sabia usar panela de ferro com brasas em cima da tampa. Prevejo alguma desgraça com o capataz. A presença dele na colônia provoca repulsa e apreensão. Ele olha as mulheres demoradamente, com surpresa e indecência. O patrão, signore Joaquim Inácio Malheiros, trata o homem de Soldado. A pele dele consegue ser escura e amarela ao mesmo tempo. Alto e sujo, com músculos suados, ele masca uns talos de capim e aperta o cabo do relho quando se dirige aos colonos. Ontem, o mais velho dos Sartori não tirou o boné ao falar com o Soldado no paiol. Se cobra risse, riria igual ao capataz. Ele fez menção de usar o relho contra o boné do Sartori. Mas Ettore Mangialardo se interpôs com a sua calma sólida e concentrada. Lembra-se do cavalo manco? Fernando corrigiu as ferraduras na forja e o cavalo sarou. O animal chama-se Onofrio.

Rossana, o Soldado amanheceu morto na cocheira. Se ele gritou, a tempestade que caiu de noite encobriu tudo. Havia raiva nos seus dentes e fezes até na bota.

Acharam o homem de borco num balaio de arreios. Tinha uma lapiana entre as vértebras, nas costas, e sangue pelo poncho rasgado. A precisão do ataque, a economia do golpe, a lâmina por trás, só poderia ter sido um lombardo como Rodrigo Sartori: não pelas vantagens da traição ou da covardia: mas para não ser reconhecido pelo morto no inferno. Fosse um siciliano como Ettore Mangialardo, o cão seria atingido pela frente, a lapiana colheria os bagos pela base, e o pesce inteiro despencaria entre as abóboras do chiqueiro, para festejo e júbilo dos porcos.

Rossana. Para a polícia, somos todos culpados. Usam farda amarela e nos olham de viés. Nasceu Giuseppina Gobesso. Berraram conosco na cocheira e na tulha. Fernando levou Orestes no colo para ver de perto a autoridade chutar uma galinha. Não se descobriu nada. Não se perdeu nada com a morte do Soldado. Ele mexia de preferência com negra. Os policiais amarraram Rodrigo Sartori num pilar do alpendre. Não saímos de perto, mesmo o Orestes, durante a noite toda, cozinhando polenta em paiolo e rezando baixo, surda e ameaçadoramente. Não conhecemos esse tipo de arma, assegurou o mais velho dos Sartori ao delegado Cardoso de Almeida, um homem de bigode escuro, polainas, colete ramado e chapéu de feltro. No décimo terço, quando os mistérios eram gloriosos, ele escarneceu, soltem o suspeito. Nem todos os patrões são humanos como o signore Malheiros. Mas a morte do capataz irritou-o. Acudimos na estrada, entre Santana Velha e Conchal, uns piemonteses doentes e esfomeados. O signore Malheiros mandou expulsá-los da fazenda.

Rossana, não entendo de contratos, porém o Fernando fez um acordo com o fazendeiro e saímos da terra com metade de nossos direitos. Abrimos na Avenida Floriano Peixoto, 15, em Santana Velha, uma loja de ferragens. Nasceu Matias Gobesso.

Rossana. Estou lavando e passando roupa para fora. Só hoje fiquei sabendo com dois anos de atraso que morreu em 1910 a minha irmã Giuseppina. Você se lembra de Giuseppina? Também passo e engomo. Vendo para os vizinhos o meu pão de torresmo. Reze para que eu lave a roupa dos padres no Seminário.

Europa, 1914. Guerra.

Europa, 1918. Paz. Quanto dura a paz da usurpação e dos tratados leoninos?

Santana Velha, 1950. A Casa Gobesso, da Floriano, vende tintas e vernizes para a Sorocabana e a Paulista. Ao redor da cidade, as vilas já ocupam as encostas do Peabiru e a outra margem do Peixe. Na loja da Deodoro, perto do Paço Municipal, com galpão de materiais pesados e madeira, estacionamento para caminhões e plataforma de embarque, fica o depósito. São quatro portas de aço ondulado, a da esquina com a Amando de Barros abre-se em ângulo para a selaria, com o cavalo de gesso na vitrina, alazão, o estribo de prata, o arreame polido, uma peiteira quase arrogante, as crinas penteadas e o pelego de carneiro.

Mais um Ano Santo. Fernando nunca se recuperou inteiramente do derrame. Ele usa cachecol, bengala e silêncio. Já não frequenta a selaria. Sonhou ontem com o seu primeiro cavalo, Onofrio. Matilde veste cinco saias e não percebeu que hoje pela manhã as de baixo se soltaram na Rua Curuzu. Sua xícara de café treme no pires. Liga o rádio muito alto. Orestes, a mulher e a caçula Isabela desistiram de ir com os peregrinos a Roma.

Santana Velha, 1950. Isabela casa-se em maio com Gabriel Cesarino Vasconcelos de Abreu. Ouçam o órgão e o coro da Catedral. A felicidade supõe sobrecasaca e longo. Sintam junto ao decote o perfume e o suor do sacramento. Antes da chuva de arroz, na escadaria, Fernando alcança Isabela e ampara-se no seu abraço. Logo em seguida, atrás do marido, Matilde aproxima-se da neta. De mãos dadas, olham-se comovidamente. Escutem os sinos da Catedral. Um Oldsmobile espera os noivos.

Uma centena de convidados, Isidro Garbe só enxerga Maria Cecília Guimarães Ferrari, no adro, distanciando-se do portal, quando o vento sopra no arvoredo da Praça Rubião Júnior e ela contém o chapéu com as mãos enluvadas.

Novembro. Termina o movimento pendular da cadeira austríaca. Aos setenta e seis anos, Fernando Gobesso morre ante o sol poente. A vidraça escurece e circunda de vultos a imagem do velho. Dezembro ainda demora, Matilde Gobesso segue o marido, sempre um pouco atrás e com o terço entre os dedos, suavemente, submissa, ou talvez fiel a sua cruz. Saudades dos filhos, do genro, das noras e dos netos. Este ano, onde será a festa de Natal?

VIOLETA PÁLIDA

Neste velho *Manual do Congregado Mariano*, de páginas despregadas, com uma violeta pálida, desfazendo-se, e uma coleção de santinhos, um selo do Ano Santo, uma fita azul com estrelas de metal amarelo e um bilhete de loteria, o dono escreveu na contracapa:

Se este livro for perdido,
há também de ser achado.
Para ser bem conhecido
leva meu nome assinado:
Vitório Bergamini.

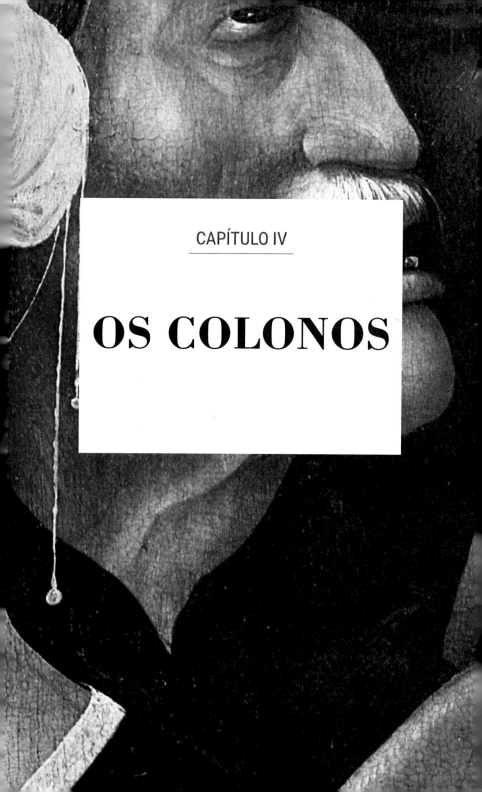

CAPÍTULO IV

OS COLONOS

Retornam do cemitério no Pontiac de Jonas. No bar que pertenceu a Manolo Morales, hoje um botequim de viúvos e vendedores de artigos funerários, uns peões entornam cerveja sem faltar ao respeito e, espalhando-se pelos mochos da calçada, nostálgicos, cantam uma toada de Aldo Tarrento: "Na charrete de meu povo, meu lugar é no varal. Tanto faz se me comovo, minha sorte é o carrascal. Tropeço, mas sigo adiante. Nada peço no curral..."

Já no banco traseiro, sem esticar as pernas, Bento Calônego põe o chapéu de feltro na cabeça, enterra-o subitamente, apertando as reentrâncias da copa, e puxa a aba para o meio da testa. Difícil não ouvir dali os soluços de Vitório, amparado pelo portão de ferro. Quem é aquele cabra, irrita-se Jonas. O jaquetão curto, cintado, a calça cáqui, de friso e barra dobrada por fora, sem costura, as botinas de elástico e a gravata preta, estreita, não me console, maninha, eu não me conformo, maninha, o nariz enlutado e os olhos celestiais, a dor não desmancha o penteado liso de Vitório, castanho e de risca esquerda.

A garoa divaga no rosto enrugado da tarde. "Perdi o tom da catira na quarta volta do rio. Não importa a corda que eu fira, o som se despede frio..."

Desconfio que seja fresco, aumenta a irritação de Jonas. Não, explica Atílio Ferrari, ele teve meningite antes dos sete anos, virou beato para pagar promessa, é um pulgão nos jardins do Senhor, Vitório Bergamini, cunhado de Antônio e irmão de Maria Bergamini

Tarrento, a doceira de Conchal.

Ecco, Jonas acomoda-se no Pontiac, à frente e à direita, senza sale e senza pepe, diz, restaram-lhe o doce e o irmão, pobre Maria. A pimenta na conversa alude a um Pepe, especulador de café nos anos trinta, depois sitiante com vastos e ondulados pomares de laranja nas encostas do Turvo, e que quase desencanta Maria para sempre, transtornando-a de modo a desandar tortas e pudins, e perder a mão nas balas de coco, não fosse Antônio Tarrento, o tostão no cofre, ter erguido o papel de seda dum doce de abóbora com cravo e canela, numa quermesse da Matriz, e tomado chá de erva-cidreira na varanda dos Bergamini, à noite, bem atrás da barraca.

Sem se importar com a garoa, um rapaz de blusão muito largo, de lã azul, abre a porta de trás. Só então Domene percebe, se esse bezerro é neto de Vendramini, só pode ser o último filho de Leôncio. Perbacco, estou velho. Ivo Domene aperta-se entre Ferrari e Calônego. Desde o ano retrasado Jonas não dirige o carro da família. Nada no mundo, nem o Pontiac, o obriga a usar óculos a não ser no bolso da lapela. Adesso, na Avenida Dom Lúcio, o rapaz, cujos cabelos parecem atrair as ventanias da Cordilheira do Peabiru, impulsiona a macchina pelo calçamento irregular e molhado. Quase não se escuta o motor, porém a rodagem atrita nas pedras, chiando maciamente, com persistência. Na Praça Rubião, as poças começam a refletir a luz de cálcio.

O Pontiac deriva à direita, no sentido oposto ao

Diocesano, os vitrais da Catedral cintilam no ar paralisado, então um grupo de mulheres do Rosário atravessa o jardim, de repente as sombrinhas se alvoroçam no anoitecer úmido, e passos desencontrados, elas carregam na bolsa o missal com capa de madrepérola, o véu negro de filó, o terço, a fita vermelha e as pastilhas de cevada, correm para a reza das sete e, ainda na escadaria da igreja, conferem o fôlego, as palpitações e uma receita de baccalà.

A copa da antiga caneleira, na esquina da Rubião com a General Teles, cobre as calçadas e roça pelos faveiros do jardim. O rapaz estanca o carro entre os dois arcos da casa, o do portão e o da treliça. Nos arcos, as primaveras brancas lembram dona Maria Teresa, mulher de Jonas, avó desse potro, e os velhos pisam nos cacos de granito, comovidos. O tempo só não parou nas ervas, elas cresceram. Ferrari bate a porta do automóvel e se arrepende. Bem que devia ser Jonas Neto, mas o rapaz se chama Paulo de Tarso, e Domene desaprova a escolha de Leôncio. Toda morte é recente, e Jonas desamassa o paletó ao sair.

Naturalmente, Paulo de Tarso pede a bênção ao avô, e beija-o na mão, segundo o costume. Abrindo a treliça com um cuidado que a outros disfarçaria algum constrangimento, e o trinco retine de leve, olha ao redor com limpidez e retoma o silêncio. Não tem a estatura de Jonas, muito menos a inclemência do caráter, mas alguma coisa herdou, esse menino, as sombras do rosto, a desconfiança polida e, apesar de tudo, o interesse desarmado e franco pelas pessoas antes da queda: da traição: e portanto da morte. Não saberia lidar com um rifle, calcula Domene. E se sabe, não terá a bala certeira.

Hesitam diante da porta. "Passa ano, entra ano, descabida vida brida; tropeiro, eu sigo adiante, sem chegada, só partida. Um dia pego no laço, destranco porta e porteira. Eu faço que me desfaço e me reviro em poeira..."

Um acordo inconsciente proíbe-os de lamentar em voz alta a ausência daquele peão. Tocar num morto é tocar em todos os mortos, e brandamente Jonas empurra-os porta adentro. Agora o chapéu de Bento Calônego desaba para a nuca, ele prende as mãos atrás das costas e investiga de olhos neutros o quintal, no porão a charrete com os varais para cima, vassouras de alfavaca pelos cantos, e de favacão, conforme o cisco.

Jonas ordena ao neto, não vá embora ainda. O rapaz mantém nos lábios o esgar da obediência irônica. A garoa cai sobre os velhos tempos, a negra Margarida surge na porta da cozinha e ralha com todos, entrem, entrem, não brinquem com o reumatismo. Margarida, e Domene a abraça com emoção. Não quero pó de cemitério na casa, grita a negra, esfreguem as solas no capacho. Não emporcalhem o pano de prato. Usem a toalha. Tem sabão na pia. Tire o chapéu, seu Calônego. Falta uma cadeira.

Atílio Ferrari ergue a tampa da caçarola. Parece que o tempero atiça a saudade. Uns versos então escorrem no vapor:

A saudade se amacia
em fogo de chão
quando estala no meu peito
de violão

Velhos tempos. "E me reviro em poeira..."

VISÃO DE
SANTANA VELHA

As rodas do carroção pesam no cascalho: o rebenque estala. O calor sobe da terra, dos homens, das ferramentas, chega ao céu e volta com violência no zumbido das moscas, no arquejar das mulas. Os cavalos trotam na veia da estrada. Os homens transpiram no âmbito desatinado do sol que se alarga na piçarra, ardente e imóvel. Parece suor aquilo que embaça a visão da estrada, um brilho trêmulo e caminhante, junto da poeira, pousando lentamente nas cercas de pinhão-paraguaio. As ladeiras de Santana Velha, entre as casas baixas, lembram fendas na rocha azulada das colinas.

Um carroceiro, medindo o gesto compassado da pá, escava a areia do Rio Lavapés. No trilheiro de grama pisada, um negro se aproxima, espigado e calmo. Adiante, no trilheiro, uma mulher se apressa para encontrá-lo, rodilha de pano na cabeça, o balde na mão e um riso escondido. Param e conversam. O cavalo que passa por eles a trote largo tem arreame de longa viagem. O negro diz bom-dia e prossegue, olhando para trás; a mulher ajusta a rodilha, o balde não a impede de sacudir as ancas, vem vindo. O cavalo já está muito na frente, um alazão de estrela entre as orelhas, mais perto das águas, e as pedras sempre faíscam. Os cascos ferrados vão alarmando o pó.

Lançada ao rio pelo cavaleiro, a guampa desliza pela ponta da fieira e enche-se, espumando nos rebordos. O viajante puxa a fieira. O homem da carroça enterra meia pá, as calças arregaçadas até o joelho, ele apoia o queixo no cabo da pá. Os dois se olham e proseiam. Esta é a terceira carroçada do dia. O cavalo resfolga, inquieto. A mula sucumbe ao letargo da estação. O cavaleiro molha os cabelos e esfrega com força as têmporas. Vida malvada. O alazão tenta andar pela margem. A areia foge sob os pés do carroceiro, rosto duro como que esculpido na piçarra, barba de estopa suja. Faltam umas dez léguas, diz o viajante, e bebe, depois amarra a guampa no cabeçote da sela. As rosetas de leve correm a virilha e o animal arranca, chapinhando na água. O carroceiro derruba o chapéu à altura da nuca e mostra a pele da testa, bem mais clara, marcada pelo chapéu, os cabelos grudados. A mulher da rodilha acerca-se por trás e esbarra num varal da carroça. Louvado seja Nosso Senhor Jesus Cristo. Deixando o balde no raso, para sempre seja louvado, ela se livra da rodilha e acena alegremente para o desconhecido. O carroceiro se curva sobre o banco de areia.

OROZIMBO

Atrás da chuva de fagulhas azuis e amarelas, e explodem borrifos de fogo entre a chama do maçarico e a chapa de proteção, vem a cara do negro Orozimbo, apertando um toco de cigarrilha nos dentes perfeitos. Orozimbo acaba de soldar a cabeça do cavalo de São Jorge. A estatueta já fica de pé em cima do balcão escurecido de graxa e óleo. O brilho do dia vara a vidraça fosca da oficina. No oco dum pneu empoeirado está uma garrafa de cachaça. Orozimbo destampa a garrafa e sorve um gole para criar coragem. Os ramos dos plátanos — na Rua Riachuelo — não se movem. Mais um gole. Depois, de joelhos, com os beiços esticados, o negro beija a imagem de chumbo, a cigarrilha no sorriso exato. Mas esfrega nervosamente as mãos no macacão de zuarte, o que é isso, Zimbo? São Jorge torna legítima a coragem que entrou no corpo de Orozimbo.

Faz calor e os mecânicos da oficina de Chico Witzler, de Santana Velha, cochilam antes da sobremesa. Na porta, sob a tabuleta, os olhos entre a pureza do instinto e a fuligem das intenções, Orozimbo vê que dona Ângela Balarim sai de casa, vai levando o almoço do marido. O negro assobia bem baixinho: a cigarrilha despenca na calçada: ele alcança-a com os dedos um pouco trêmulos, e ao escondê-la no bolso, devagar, toca o sexo ansioso. Quem guarda tem.

Mais difícil foi derrotar o dragão. São Jorge cavalga no peito de Orozimbo.

MARGARIDA

Não destampe a caçarola, seu Atílio. Anoitece muito depressa. A toalha xadrez, com marcas de gaveta e dobradura, quase esconde a mesa e estende-se para receber a louça inglesa do tempo de Maria Teresa Malheiros Vendramini, John Maddock & Sons. Mas que sopa é esta, Margarida? O balcão de granito negro separa a copa da cozinha. As arandelas, de cobre despolido e azinhavrado, imitam tocheiros. A luz se espalha pelo gesso do forro. Uma canja só de fígado de galo capão: tudo conservado na gordura parda. Inquieta-se Bento Calônego, galo capão? Não tem perigo? A negra enrola as sábias mãos no avental, sob o busto farto, até parece. Lá em cima, o vento bate a porta do corredor, até parece.

Não falta nenhuma cadeira, diz Paulo de Tarso. Eu não posso ficar para a ceia, Margarida. Um rastro da garoa, levíssimo, ainda perdura na lã azul do blusão e rebrilha na claridade da copa.

A velha traz na bandeja o jarro de suco de tomate e os cálices bojudos. Isto faz bem para a próstata, ela se orgulha da pronúncia. Só depois enche os cálices, e conservando um sorriso benevolente, diz, o Aleixo me deu uma aula de medicina hoje de manhã. Santa Bárbara, admiração ao redor. Os gringos arrancham-se por ali, puxando cadeiras de imbuia e juta. Tomate maduro e firme, nada de sumo coado, e sim com polpa e sementes, nunca a pele, por causa da aderência nos intestinos, outra vez o Aleixo, irmão de Dante e Leôncio. Madonna mia. Frio e não gelado, acordado mas não amanhecido, e nenhum segredo nos temperos: azeite, sal e pimenta.

Cada médico inventa uma coisa. Sempre joguei fora as sementes. Não confunda com caroço, Jonas. Desprende-se do forno o cheiro dum pernil de vitela. Na assadeira desmancham-se lascas de carne tenra, já desossadas e cor de ferrugem. Com os direitos do afeto, Margarida abraça o rapaz e enxuga o blusão com a aba do avental. Ivo Domene comove-se em silêncio. Ele e os outros repetem gestos antigos, de galpão, quando depunham no piso de terra os arreios, espraiavam o pelego na sela e acendiam o palheiro no mesmo fogo. Bento Calônego tropeou mulas até o começo dos anos 20, entre Sorocaba e Viamão. Duma feita, quando se desfazia duma tropilha por pouco dinheiro, no pouso da terceira ponte do Rio Tibagi, de volta para São Paulo, conheceu um violeiro endiabrado e irônico, domador do mulherio, bom de laço e de copo, era o Aldo Tarrento. Juntos apartavam caboclas de paiol, para o corte, e de noite a palha seca farfalhava até o sol acusar. Na viagem de volta, cavalgavam dois zainos estradeiros e tocavam a mula da bruaca. Já solidários, foram desenvolvendo no caminho, e para sempre, a aptidão da confiança. Ele não mudava de opinião, isso nunca, e de repente Bento Calônego sofre. Quando fincava o facão no toco, não adiantava. Eu aceitaria outro tanto desse jarro, distrai-se Bento Calônego.

OS PEDREIROS

São jovens, por isso riem enquanto trabalham. Gino Balarim aperta a medalha nos dentes, movimenta os braços, os dedos, tem as mãos gretadas e grossas de cal. Manolo Morales, o mais hombre dos pedreiros, y no más, camisa cor de zarcão, ergue os punhos, melhor seria não ter trocado Barcelona por esto. Já amarrou o último fio de arame recozido na armação de ferro sobre o cavalete.

Estamos no lugar dos escravos, costuma refletir Bepo Campolongo, piedosamente, e sempre antes de esvaziar a botelha do tinto, isso no inverno, não deixando de concluir, mais do que Deus, o sol castiga. Chegou a gritar num agosto de cachorros loucos, e o vento antecipa o nosso pó.

Atílio Ferrari, branco e loiro, esbarra no chefe de obras Caetano, faltam os pregos de aço. Mestre Caetano senta-se nuns trapos de aniagem, e as escoras do aterro são insuficientes. Vamos esperar o engenheiro francês, ele escarnece e afasta para o lado, no chão, um sino sem badalo. Vê Ferrari aproximar-se dos alojamentos, põe sobre os joelhos uma pasta de papelão, confere uns papéis amarelados.

As mangueiras da água, os tambores, as latas da argamassa, as linhas bem esticadas entre as taliscas, o cheiro da peroba serrada, dos cabelos aos sapatões de vaqueta, benza Deus, os homens estão manchados de suor e cimento. Ferrari segue ao encontro de Campolongo no almoxarifado. Gino Balarim diminui a pressão dos dentes e a medalha escorrega sob a camisa, presa a um barbante esfiapado.

Na pilha de tijolos, um fio de prumo. A régua desce numa parede, aplaina o reboco. Serventes sustentam os caixotes pelas alças ou empurram as carriolas. As rodas viram, rangendo, fendem a pele da terra que às vezes sangra a sua água parda, com borbulhas de cal, abrindo-se em sulcos. Hora da boia, avisa Caetano, e bate com uma grande chave de ferro no sino sem badalo.

O concreto lota o cavado dos alicerces na última ala: já onze horas e um pedreiro ainda esparrama ali dentro a massa pesada e crespa, com a enxada, depois bate a colher num tijolo para dividi-lo ao meio e enxuga o suor da testa na manga da blusa. Uma revoada de bem-te-vis no azulado cru da manhã, porém Gino Balarim distingue de longe o golpe da colher quebrando o tijolo, um estalido fino e seco, o gume contra a argila. A água escorre no cano de chumbo, a água pende num filete prateado, a água está caindo, ela não jorra e a mínima aragem a perturba.

Santana Velha terá a sua Santa Casa de Misericórdia, Gino lava-se com vigor, e Ângela apontará na estrada, de cabeça abaixada, trazendo o almoço. Ele molha o rosto, os cabelos, o pescoço e a camisa sem colarinho. Cospe um gosto de cimento. Logo aqueles corredores começarão a agasalhar a morte e a vida, indiferentemente. Ângela chegará com o almoço num guardanapo branco. Irão as enfermeiras, um dia, com o silêncio entre as paredes, ou a dor, ou o susto, deslizar por assoalhos de jatobá ou cumaru, de tábuas largas, medidas e cortadas por Isidro Garbe, sem emendas. Perbacco. Ângela, minha mulher, o pente no birote e os serzidos no vestido velho, tão bonita, poverella. Carne alessa? Almeirão? Linguiça de porco? Pezzetti di pollo? Morente di fame come un cane vagabondo e malato, Gino pensa, quem sabe, una brava minestra piena di prezzemolo, carote tritate e piselli?

Gino enxuga as mãos na calça, o rosto com as mãos, puxa os cabelos úmidos para trás. Cruza os punhos na nuca e se alonga, ocupando todo o seu porte. Outros pedreiros acercam-se do tambor e da água corrente. Ali, num outeiro, de onde se divisa a construção até o compartimento dos vigias e o poste telegráfico, Gino mais pressente do que vê os três pavilhões da Santa Casa, o do centro estendendo-se numa varanda fronteira, acima do aterro e já com a balaustrada pronta, ligando-se a ela duas escadas de cantaria, por enquanto apenas no contrapiso. Também de pedra o chão das alas, em arcadas que confundem a vista, como se faz em Bassano del Grappa, às margens do Brenta, e ele suspira. Aos fundos, a capela e o necro-tério, naturalmente. Ele recorda o Brenta, a calma e a tenacidade de suas águas, o lamaçal das urzes onde — por Deus — brotavam zínias e dálias; e, nas voltas dum caminho de ciprestes, as ruínas com flores de feijão e de abóbora.

Atílio Ferrari e Bepo Campolongo chegam abraçados. Cavalo arisco procura cavalo arisco, pensa Caetano e tira a palha de trás da orelha. Quem tem fogo? Manolo Morales joga-lhe o fósforo. Gino Balarim examina a curva da estrada, a acre poeira que se desgarra do cascalho e flutua. Campolongo fala. Ali todos admiram Campolongo. Caetano fuma e outra vez esse Balarim experimenta a medalha, solta-a, quente e salgada, está com fome, o gringo, a mulher vem pelo atalho de Rubião Júnior. Morales esquenta a marmita numa espiriteira a álcool, aprovando com o vinco da testa a opinião de Campolongo. Alguns espanhóis estão fazendo fortuna com ferro-velho na Água Rasa, em São Paulo. Ferrari mastiga um pedaço de carne fredda. Campolongo se interrompe para o arroz. Mesmo em silêncio, Campolongo tem razão. Morales levanta o dedo da aliança e Caetano se irrita, apoiando Campolongo. Balarim segue com o olhar um anu-branco e Ferrari se acomoda no monte de areia lavada.

Um padre que acaba de ir para Conchal, parece que Remo, disse no galpão de tropeiros de Jonas Vendramini, em Santana do Rio Batalha, que a palavra de Bepo Campolongo se assemelha a essas antigas mangueiras de quintal, de sujar telhado e entupir calha, as folhas amarelas, vermelhas e verdes, ao mesmo tempo; o musgo escorregadio, as lianas, as ervas, os ninhos, o cheiro físico das mangas decompondo-se na sombra, ao redor, e na retrança de algum galho a caixa de marimbondos. Manolo Morales investiga o sabor do grão-de-bico embaixo da língua parada. Caetano bebe o café no gargalo da garrafa e julga que Morales não tem tutano para questionar com Campolongo. Ferrari atira para o alto o osso e chupa um assobio entre os dentes. Maldito gringo, revolta-se Caetano. Esse Ferrari anda enganando a Maria Adelaide, filha do chacareiro Rocha, um homem de bem. O rosto de Campolongo assume certa gravidade. Balarim torna-se de repente distante e tenso. Caetano, sério, observa o solado de seus sapatões: o direito sempre gasta mais que o esquerdo: o cadarço do esquerdo sempre arrebenta mais cedo.

Ângela surge na estrada de Rubião. Sem vento, e ela desmanchou o birote, os cabelos pousam e se espalham em seus ombros. Balarim sai correndo. Os outros acenam com o garfo, ou o queixo, ciao, Ângela. Caetano sopra a fumaça do palheiro, vê Balarim e a mulher se abraçando entre os fios da névoa amarga, os olhos ardem, o sol rebrilha nos meandros alaranjados e brancos da piçarra.

Junto ao tambor, diante dum espelho sem caixilho e pintalgado de nódoas pretas, um ajudante penteia obsessivamente os cabelos molhados: só depois destampa a caçarola: um frango lívido e torpe. Caetano comprime a náusea na boca e lembra-se da última praga de gafanhotos no sítio de João Fernandes em Igaraçu do Tietê. Os homens abriram aceiros em plena lavoura, sob a nuvem de insetos, e com porretes, peneiras, chapéus, moirões de cerca, iam abatendo os gafanhotos no ar e se esforçavam para matá-los nas valas, a pauladas, a pisadas, e enterrá-los logo. Os bichos mexiam no chão as asas pardas, a barrigada se expunha, viscosa e branca, recorda Caetano, era ver uma caldeirada de peito de frango, ele se arrepia. Não agora, só quando muito bêbado, Mestre Caetano sente raiva dos gringos. Ele desvia o rosto para o poste telegráfico.

OROZIMBO CHORA

Orozimbo esfrega fortemente cascas de maçã no peito, no pescoço e nos caracóis do sovaco. Senhora, dizei uma só palavra e a minha paixão estará salva. Já de manhã raspara a barba à navalha. Passa três dedadas de vaselina de cheiro na carapinha e suspira. O melhor desta existência é o duelo entre o medo e a coragem. Por isso reza mais da metade da Salve-Rainha.

De pernas afastadas e fora do calção azul, o negro suspende o torso e retesa todos os músculos. Tem consciência de que debaixo da tarimba de lascas de coqueiro, perto da janela, repousa em meia garrafa de sonho uma límpida cachaça da Barra Grande, sem segredo nem orgulho.

Orozimbo põe as meias de algodão vermelho, a calça preta de riscas, a camisa rosa de punhos duplos e colarinho redondo: mete os sapatões de couro branco, quase escondidos na camada de alvaiade: agora, num giro contido, circula pelo casebre a sua elegância de macho proponente, tira do cabide o colete de camurça cor de laranja, veste-o.

Orozimbo senta-se com distinção e decoro na tarimba de lascas de coqueiro. A seu alcance, no parapeito da janela, uma caneca de ágata convida-o a esvaziar a garrafa. Orozimbo não resiste porque sabe que vai morrer. Senhora, dizei uma só palavra.

A primeira canecada em dois tragos: suspira: que restará da vida depois de seu corpo ter desfalecido — com o devido respeito — no calor dos peitos de dona Ângela? A segunda canecada num trago único e melancólico. Adeus, cachaça. Orozimbo acaricia o facão na bainha.

No piso de terra batida, uma sempre-viva, e Orozimbo olha a flor, não evitando certa ternura por si mesmo. Só falta o anel de pedra verde no pai de todos. Acharão o seu cadáver com o anel, a flor, o facão entre as costelas, um gosto de amor nos beiços. Yeah. E no fundo dos olhos a audaciosa vaidade de quem decide a própria morte, yeah, após ter esvaziado uma garrafa ou matado a sede por uma mulher, yeah, yeah, yeah.

Orozimbo chora, não suportando dentro de si tanta nobreza. A pedra verde do anel cintila num golpe fino de sol. E o homem vai saindo, o passo gingado, rodando a sempre-viva nos dedos.

JONAS

Jonas domina a todos não só com o uso pleno de sua estatura, arrasta a cadeira, não se resolve ainda a acomodar-se, e pondo as mãos no respaldo, diz, o meu neto é escritor e pretende ser juiz de direito, senta-se com um suspiro, tenta encobrir o escárnio, não existe desgraça que venha desacompanhada, estão rindo de Jonas e se divertem, solidários, com os cotovelos na toalha adamascada. Jonas acaba por sorrir, quem diria, perturbado com a própria tolerância, e aos poucos esvazia o cálice.

Admira-se Ivo Domene, escritor? Nada disso, seu Domene, não acredite nas invenções do nonno. Dou um curso de literatura no Liceu Azevedo Franco, descarta-se Paulo. Minha aula começa dentro de vinte minutos.

Resvalam os olhos de Jonas pelas horas romanas da parede. Quando precisei de quem curasse bicheira e berne, diz, e livrasse o gado dos carrapatos e da mosca-do-chifre, mandei o Aleixo aprender medicina em Milão e em Roma.

(Licença para a sopa fumegante, licença. Agora o salame do Rio Grande do Sul, fora da tripa e já fatiado em rodelas finas. E a cesta do pão branco, licença, com o guardanapo em cima e dobrado de maneira a não esconder o monograma).

Para que me abrissem a porteira no ângulo justo, e não enferrujasse nenhum aramado de galinheiro, Jonas alcança o pão, paguei o estudo de Leôncio em São Paulo e em São José dos Campos.

(Dio, a vitela. Dio mio, o arroz com salsa).

Para ter certeza sobre a qualidade da grilagem, três conchas para começar, Margarida, fiz o Dante formar-se pelas Arcadas do Largo de São Francisco e doutorar-se pela Sorbonne, sim, um pouco de salame. Hoje não tenho causas em andamento, meus inimigos me abandonaram, ou não se atrevem mais a litigar comigo, de que me serve um juiz na família? E honestamente, quem pode contar com um escritor? Margarida, traga o vinho. Beba, menino, beba para ficar sóbrio.

Ninguém como a Margarida para convocar com um humor triste a felicidade, esse fenômeno raro, disperso, quase incógnito, ainda que solene e indeciso depois dum enterro, mas por que sufocar na garganta a euforia, não é que as netas de seu Jonas, todas, engravidaram ao mesmo tempo? In questa famiglia, comida de prenhe se prepara com gordura de galo capão. Isso explica o milagre da multiplicação do fígado. Mais uma conchada, Margarida. O vinho tinto, Margarida.

O menino não vai embora sem experimentar o caldo, insinua a negra com um sorriso tirânico. Ninguém me faz essa desfeita, credo, já no balcão a terrina de louça vidrada com uma conchada, só uma, e uns pedaços de fígado. Ao lado, num prato de doce, lascas de vitela, o molho ferruginoso e a ponta do pão. Não sei se errei na mão de sal, a mentirosa. Paulo de Tarso se rende.

Só os italianos são tristes em voz alta. Ao redor da mesa, com nostalgia e desamparo, servem-se do vinho. Recorrem ao apoio das lembranças e as sufocam, erguendo os copos. Como o tinto, a memória dos gringos é poderosa, encorpada, rascante. Dio benedetto. Apertando os olhos, Jonas lê o rótulo à contraluz, Duas Encostas, 1958, Casa Domene, Bento Gonçalves. Tinha que ser muito bom, estabelece Bento Calônego e, ao depor o copo na alva toalha, mancha-a com uma gota. Domene libera um riso de soslaio e concentra-se na vitela.

Parece o Nebbiolo D'Alba, de Barolo, ocorre isso a Atílio Ferrari, com entusiasmo e indulgência. O riso melancólico de Domene, definitivamente torto, recorda a Jonas o modo com que Tarrento dizia os versos duma catira por título Jango Cotia. Sem-vergonhice ninguém esquece, Margarida troca de avental e abre a torneira da pia. Não seja ranzinza, Margarida. Você não foi nenhuma santa. Este olho é irmão deste. Estariam pensando em Orozimbo? Nunca se soube nada deles, o que garantia uma culpa soberba e frutuosa. Vamos, Margarida, me ajude a cantar a catira. Mais arroz. Mais vitela.

Ferrari afasta a cadeira e, sem largar o copo, enruga a testa, imagina uma viola no peito e tenta imitar o velho peão:

Jango Cotia
grande nuca e pouca testa
convidado a uma festa
foi chegando sem receio

Que terra é esta?
perguntou para Zabela
É a Fazenda Miralua
no Sertão do Rio de Dentro

Jango Cotia
rapaz forte e sem rodeio
repisou no contraforte
e sentou-se ao lado dela

Pois Fazenda Miralua
no Sertão do Rio de Dentro?
Tanta água tanta légua
tanto gado que eu enfrento
aqui eu engraxo a minha sela
aqui eu amarro a minha égua

Riu Zabela
na Fazenda Miralua
do rapaz desengonçado
que coçou a perna dela
pensando que era a sua

Surpreso, de bloco na mão, puxando uma lapiseira entre a camisa e o agasalho de lã, o rapaz pressiona a mola da tampa, mas isso é de Aldo Tarrento? Eu conheço uma variante da letra, começa a anotar. Não, rememora Domene, o Aldo aprendeu parte dos versos com um carroceiro de Montes Claros, parece que Belarmino dos Reis, ou da Luz, num rodeio de Conchal ou numa feira de couro de Pratânia. Foi em Conchal, confirma Ferrari, não foi fácil arrancar as palavras do homem. Conchal, Domene toma um gole de seu vinho e o aprova, agora me lembro, foi no Hotel dos Viajantes, o pobre Belarmino estava bêbado de não parar nem deitado, o Aldo mais inventava do que ouvia, ele aumentou a história e melhorou muito a letra. Paulo diz, uma paráfrase. Não, adverte Bento Calônego, uma catira.

Jonas desvia os olhos do relógio para o neto, você tem tempo de mostrar a variante? Benza Deus, Margarida se aproxima da mesa, é a história do namoro na janela. Com o auxílio de Ferrari e a assistência desconfiada de Bento Calônego, Paulo abrevia as palavras e recolhe os versos numa grafia miúda. Diz, na variante que eu conheço, Jango Cotia e Zabela conversam na janela do quarto. A moça facilita a investida. Esse é o sonho de todos os homens, protesta Margarida. Encha meu copo, Margarida.

> *Te conheço boiadeiro*
> *te esperei o ano inteiro*
> *sei que preferes seresta*
> *de parapeito e janela*
> *viola de perna aberta*

sem rodeio de permeio
e o medo já domado

Jango Cotia
rapaz feio que não presta
mais que pronto para a festa
riu de Zabela
e saltou o parapeito

Tanto peito
E riu Zabela
na noite de Miralua
do peão alvoroçado
que puxou dela a coberta
pensando que era a sua

Jonas Vendramini diz, Paulo, leve duas garrafas deste vinho ao Leôncio. Bento Calônego diz, cada vez que o Aldo fazia a figura do Jango, saía uma história diferente. Atílio Ferrari diz, outras versões correm por aí, nos coretos, nas quermesses. Ivo Domene diz, era muito bom até a Ester Varoli proibir tudo, ela enfiou um cabresto no Aldo.

No que agiu certo, resmunga a negra e traz as garrafas numa sacola de fibra. Então ele parou de viver, abandonou a viola com a tralha do paiol, Jonas Vendramini empurra vagarosamente o prato. Guardam silêncio. Teriam esquecido Conceição do Turvo, esses gringos? Margarida quase diz, esses brancos, mas não gosta de ofender ninguém. Só um gesto, Paulo de

Tarso diz ciao para todos. Pensa, a tristeza não diminui nunca, mesmo quando partilhada. Beija a testa de Margarida, apanha as garrafas, eu volto mais tarde para jantar, e a sobremesa?

Doce de jaracatiá. Eu mesma amolei a faca, arranquei a casca do pau, cavei o miolo, aparando na bacia, devolvi a casca ao tronco, tratei o corte com cera de abelha e amarrei a ferida com duas voltas duma estopa. Margarida, minha paixão. Até parece.

ÂNGELA BALARIM

Gino Balarim atira um tijolo para o meio do mato. Estou morto de fome. O alvoroço na folhagem perdura enquanto o calhau vai resvalando pela galhaça. Gino não tem a placidez de Ferrari, nem a inteligência de Campolongo, mas tem orgulho de sua fome e de sua moglie. Ângela desata o nó do guardanapo: polenta e almeirão: as fetas cortadas a fio de linha surgem tostadas pela fritura: carne, arroz, pão e a garrafa de café frio, arrolhada com palha de milho. O Luisinho não fica mais com a nonna, conta Ângela. Está dando muito trabalho, questo bambino. Balarim lembra-se dum vago zio Luigi que foi salteador nos campos de Piemonte. Come com os dentes à mostra, fazendo ruído. Ângela se atrapalha com as palavras e Balarim exibe a língua esverdeada de almeirão. Não quer almoçar comigo, Ângela? Sentada num tronco de sucupira, ela abre as pernas e afunda no meio o vestido, um pouco desalentada, só pode ser o calor, e una pesanteza di stomaco. Ângela arranca as sandálias, bruscamente, porém Balarim não estranha, gesticulando sem convicção nem vontade, porque o molho da carne sempre o enternece. Ângela suspende a cabeça, diz uma torrente de palavras como se quisesse livrar-se delas, sacode os cabelos e as mãos. Gino concorda e vai mastigando com desenvoltura.

Os homens estão fumando: já almoçaram. Morales fala da Espanha e de seus compatriotas que se sacrificaram pela República. Mil vezes ter morrido no colo de Concha Rios, de Sevilha, e Morales apara com a unha a ponta dum palito de fósforo. Ferrari senta-se numa carriola. Assim, ouvindo com interesse a voz um tanto aguda de Morales, Campolongo parece mais seco, o perfil de ferro limado. Caetano faz que dorme nos trapos de aniagem.

A carroça com areia na mesa pende para trás e range, as rodas afundadas. O carroceiro atiça a parelha de burros. Eh. Eh. Balarim já amarrou as abas do guardanapo. Ângela vai embora. Então, ele pica o fumo com o canivete. Antes de desaparecer na curva, por trás dum bambual, Ângela volta-se e oferece o adeus num gesto. Balarim responde, os sapatos fincados no chão.

O MEDO TEM ESTÔMAGO FRIO

Parafuso requer porca e arruela. O Senhor é o meu motor. Água do banho de dona Ângela Balarim, afogai-me. Santos óleos e bentos lubrificantes, percorrei o meu corpo e amparai-o na dor. Desiludido e metafísico, e isso se agrava com o cheiro do medo, Orozimbo recupera-se do porre e interroga a sempre-viva. E agora? Malícia, seu nome é a mulher branca. Insondáveis são os humores e os desígnios de sua vagina, com escusas. Dona Ângela Balarim reagira de maus modos ao convite e aos suspiros afáveis, decorosos, ainda que intransigentes deste filho de Deus, acreditem, acertando-o no semblante com a caçarola. Valei-me, princesa Isabel. O medo tem estômago frio. O pavor não tem estômago. Voltarei a provar, meu Deus, a feijoada do Bar Colosso? Não adianta invocar São Jorge quando ele vagueia pela face oculta da lua. Quando o destino luta capoeira com os negros, minha Redentora, a solução é ir arriando logo a fidalguia. Este negro estava esbelto, de colete cor de laranja abotoado, o passo macio e redondo, esparzindo na andadura o excesso do alvaiade, a sempre-viva nos dedos esperançosos. A vós bradamos, princesa, os degradados filhos de Eva. E agora? Alforria, seu nome é fraude. Entre as pernas, alvoroçado e túrgido, o soberano esticava o calção azul e a calça preta com riscas, gemendo e chorando num pântano de suor e febre. Dona Ângela Balarim viera de garfo em punho, imaginem, e um facão, um escândalo, uma polêmica, uma diatribe, um susto desnecessário. Por fineza, acompanhem o meu pensamento: senhoria não é coisa que se perca com uma foda, com escusas.

Olhai os lírios do campo. Nas invernadas, cavalos gentis e éguas estoicas sabem o que fazer a partir dum relincho. O Senhor é o meu motor. À vista de todos, atrás dos aramados ou nos terreiros, galos galantes e galinhas submissas arrepiam-se de prazer enquanto ciscam. Parafuso requer porca e arruela. E os coelhos, tão pertinazes e epicuristas, chegam ao pecado antes da tentação. Natureza, yeah, ainda que tarde.

Minha senhora, sabendo fazer e com quem se faz, não tem perigo, sou um negro limpo, sinta o cheiro das maçãs nos cabelos de meu peito. O prato fundo estourou na carapinha deste negro. Por São Jorge, cambaleia Orozimbo, eu não relato a ninguém o acontecido, sossegue, minha senhora, e ele ainda comprime o dorso da mão no sangue da cara aparvalhada. Antes, ela o encarara, a princípio sem compreender, e quando compreendeu, quanta ingratidão. Tem certeza este negro de que agiu como cavalheiro diante de dona Ângela Balarim: só lhe disse palavras sensatas: nada mais sincero e ilibado do que o tesão exposto: a senhora não precisa ter cuidados, dona Ângela Balarim, sou pessoa de confiança.

Sob o mormaço, bracejando para expulsar o torpor, Orozimbo corta caminho pelo mato e desce a piçarra até os trilhos da Sorocabana. Não tem nenhum motivo para lançar-se entre os vagões, nem pretende vê-los passar, valei-me, Redentora, vossos olhos misericordiosos a nós volvei, ouve o apito da locomotiva, mas, com a volta do discernimento e do orgulho, cospe azedo e teme pelos bagos, encolhendo o soberano. Mesmo assim, de sobreaviso, com precauções, mija num dormente de baraúna e assobia em surdina. O caso foi que dona Ângela Balarim saiu ganindo, a temerária, abandonando nas pegadas a tralha da cozinha, a pusilânime, difamando este negro com apodos e vilanias, a malfazeja, e humilhando-o com estrépito e ultraje, a malévola, justo quando o Zezinho das Duas Mulas — o relho nas costas e a carroça vergando na terra solta — apareceu na estrada de Rubião com uma carga de couro curtido. Logo o Zezinho das Duas Mulas. Até a noite Santana Velha inteira, do Lavapés ao Batalha, e toda a Cordilheira do Peabiru, do Turvo ao Peixe, e do Pardo ao Tietê, estarão sabendo que um mecânico do Witzler da Riachuelo, um negro, cantou a mulher dum gringo.

Orozimbo corre para o casebre, a sempre-viva na mão úmida. Atropela as guanxumas e desconjunta a porta, rompendo a trava de couro. Agacha-se e olha para baixo da tarimba de lascas de coqueiro. Agarra pela alça a maleta de fibra, levanta o pó e, num gemido, fora do alcance de qualquer consolação, pensa em mudar-se de Santana Velha. Vê através da porta o poço, a caçamba cheia de água, o bambual de grossas canas amarelas, e por trás das mangueiras uma paisagem de chumbo: ameaça chuva. Abre a maleta vazia. Tem três dias de salário para receber do Chico Witzler. Salvemos os bagos, e o suor o esfria a ponto de fazê-lo tremer. Um relâmpago seco ilumina a serra. A roupa já está no corpo. Olha pelo cômodo em busca do que levar. Depressa, Zimbo.

Entretanto, a urgência o imobiliza. A ventania lança a porta contra o frágil batente e derruba do caixote a lamparina e a estatueta de chumbo. O mecânico do Witzler começa a soluçar. Balançam, e vão cair, os retratos da parede, recortes de jornais. O mundo despenca e o negro, de joelhos, vê com torpor a litografia de São Jorge, as palmas bentas da derradeira procissão de Ramos, três ferraduras, quatro estribos, duas frigideiras e um crucifixo. Atordoado, a mão nas dobras da barriga, assusta-se com as pernas de Getúlio Miranda e o charuto de Carmem Vargas. Aos pés do cavalo do santo, no chão varrido pelo vento, a sempre-viva parece uma ferida.

Desânimo: fugir para São Paulo: esconder-se: erguer numa favela o *Galpão do Orozimbo*. Mas para isso era preciso ter colhões. Senta-se na tarimba de lascas de coqueiro. Um calafrio, suando muito, lembra-se de Fiel, um cão peludo e alvacento que os peões do Artidoro Credidio castraram no paiol, só para testar o gume e a ponta duma lapiana enferrujada. Fiel passeia, gordo e rouco, na memória do negro. O que levar? Rápido, Orozimbo levanta-se. Fiel se levanta lentamente. O negro anda de lá para cá, luta contra o pavor. Fiel, sacudindo-se na tulha, não consegue proteger-se duma pedrada anônima. O que levar, meu São Jorge? O relâmpago se assemelha a um galho incendiado de pereira. Já chove forte. Orozimbo atira a sempre-viva para dentro da maleta vazia. O homem sai correndo com a maleta.

A GOIABEIRA

É bom plantar antes que o orvalho seque duma vez, confabula com os seus espinhos a mulher de Bira Simões, Neide; e ela, afofando a terra junto ao muro vazado, de pouca altura, um parapeito de tijolos caiados, planta a muda de goiabeira. O chá dessas folhas trava o relaxamento dos intestinos.

São espaçadas as casas na Baixada da Estação: ali termina a Rua Riachuelo e se inicia o lançante da Floriano. Bem cedo, Bira Simões abre o bar e arrasta os mochos para a calçada de cimento vermelho. Lavadeiras com crianças e trouxas cantam *À vucchella* a caminho do Rio Lavapés. O pontilhão da ferrovia separa a cidade da Vila dos Lavradores. A aragem da manhã toca de leve nos velhos eucaliptos, desprendendo das copas o perfume e um chiado muito manso.

Nos fundos, quase debaixo da mangueira, o galpão de peroba e zinco, Neide ajudou a construir esse rancho, ali o forno de barro e o fogão a lenha, com as estacas onde se dependuram os fiambres cor de sangue escuro. Pelos cantos secam as espigas de milho e maturam as morangas.

Movimento mesmo, só depois do Angelus. Antes, e sem descuidar-se da registradora, Neide nem precisa de Bira Simões para servir os defumados e o pão caseiro. Nem sempre o negrinho Leonildo aparece para valer o feijão que come. Afilhado de Bira, ele trabalha na doma e no aparte para Artidoro Credidio. Agora os pedreiros da Santa Casa de Misericórdia lotam o bar. Vem chegando um truqueiro da Sorocabana. A cachaça corre com limão-cavalo e canela, ou imaculada, sem casca de jequitibá, raiz de pau-ferro, osso de veado, cruz de cedro, ou pele de cobra, em martelos curtos e quentes. Manolo Morales discursa e alguns homens o suportam, desde que sentados em sacos de farinha, junto à parede. Um deles, de chapéu atirado para a nuca e a camisa rasgada nas costas, levanta-se e bate pandeiro num cepo, Bira, ele reclama, o dono do bar demora com a alheira.

Os cotovelos de Neide aderem ao tampo do balcão. Vozerio. A fumaça dos palheiros passeia no ar. Um copo se espatifa, Neide sabe quem foi. O negrinho Leonildo traz a assadeira de pão com alecrim e o que chamam azeite, o óleo da primeira fritura. Ferrari, Campolongo e Gino ocupam uma das três mesas toscas, de pinho, comem queijo com sal e bebem o verdasco duma botija. Esses italianos vestem colete apesar do mormaço. Neide não se move, nem os olhos bovinos, surpreendentes nessa mulher magra, cheia de ângulos ariscos.

Outros preferem os mochos da calçada, lá aco-modam os pratos de estanho e se arranjam no piso engordurado. Abafada a noite, as siriluias voejam ao redor dos lampiões da casa: um na porta: outro no bar. A tempestade interrompeu a luz na Baixada da Estação e na Bacia do Rio Batalha.

Mestre Caetano não se aguenta nas pernas: debruça-se no ombro de Manolo Morales: tira do nada a sua própria coragem. Diz:

"Os gringos vieram comendo rato em porão de navio. Aqui exigem alecrim no azeite: pepino com coalhada: salame com limão: vinho no almoço."

"Eres un perro. Que te importa se me gustan los ratones que no vengan de los torpederos imperialistas?"

Caetano abraça o amigo: apesar de tudo, sente-se capaz de carinho e lealdade. Cospe:

"Filho duma vaca."

"Me muero de hambre...", espalha-se Morales com escândalo, levantando o punho na direção de Bira Simões. "Bira, mande outra botelha de conhaque a este bravo de Espanha, que não morrerá enquanto não arrancar con las manos en sangre los testículos de Franco."

"Você gosta de churrasco, espanhol?"

Neide sabe quem insinuou a ofensa. A tempo, Mestre Caetano agarra-se ao cepo. Morales garante ao brasileiro um lugar sobre os sacos de farinha. Diz:

"Brio, hermano. Deus só existe quando os homens conspiram. Com a paz reina la mierda."

Os homens tragam o fumo de corda de Tietê. Em torno do lampião de querosene a fumaça se esfiapa em manchas azuis e amarelas. O serralheiro Wilhelm

Ernest Eisenbach, gordo e glabro, esparrama ao lado da garrafa os braços enormes, apoia o corpo na mesa, as mãos grossas esfregam a cicatriz do queixo.

"Eisenbach...", Morales faz que provoca o serralheiro e desce a mão fechada contra o cepo. "Yo te reniego..."

"Mas por que isso?", o alemão indaga com placidez.

"Porque usted has invadido el imperio romano."

"Me perdoe, mein Freund Morales. Aconteceu já faz muito tempo."

"Eu não esqueci, hermano."

"Prosit."

Que conversa, malditos bêbados, é como se a Polônia nunca tivesse existido, Neide descobre rapidamente quem disse isso. Consultando a palha no bolso do colete, daria para dois cigarros, Eisenbach pende o corpanzil para trás e a cadeira oscila. Bira Simões chega com o litro de conhaque e a tigela de azeitonas verdes, quase só caroço.

"Você é um sujo", decide-se Caetano depois de arguta ponderação, bem alto, ao ouvido de Morales."

"Si. Yo soy sucio como un cerdo."

"Enquanto a guerra liquida a Europa, você foge de lá e se empanturra de azeitonas no Brasil. Comunista filho dum corno. Que veio fazer aqui?"

Manolo Morales reconforta-se com o conhaque.

"Franco me expulsou da Espanha antes desta guerra. Não ofenda minha mãe e nem me chame de comunista. Sou anarquista, muchacho. Hay que hacer la diferencia. Sin embargo de ser un hombre muy bueno, o anarquista é capaz de matar por amor. E o comunista é capaz de salvar uma vida por ódio. Este país precisa de anarquistas. Justo por esto estoy acá."

Gino chama Bira Simões e mostra-lhe a travessa de queijo vazia. Alemão batata come queijo com barata, bem nos costados de Wilhelm Ernest Eisenbach. Atílio Ferrari faz a ponta do dedo correr no rebordo do copo e Campolongo enche o seu, deitando a botija. Zezinho das Duas Mulas tropeça na porta do bar. Na calçada, um mulato triste desafina os bordões duma viola. O rapaz da camisa rasgada incentiva-o, sugerindo o ritmo numa caçarola de folha de flandres.

"Zezinho das Duas Mulas...", Morales, sempre gritão, alarga o sorriso. "Venga a nosotros, camarada."

Mas Zezinho das Duas Mulas acerca-se de Balarim. Um preto que teria sido escravo anuncia que vai dançar um frevo e ensaia uns passos trôpegos pelo soalho coberto de pó de serra.

"Cale a boca, espanhol."

Manolo Morales volve-se, atingido, sem atinar de onde partiu o atrevimento.

"Callarme? Nunca. Mi palabra es un jinete de viento y lhuvia, cabalgando libre por los campos, bajo la luna, en busca del cielo..."

Os pedreiros da Santa Casa de Misericórdia aplaudem com entusiasmo alcoólico. A custo, Caetano retém uma golfada de vômito e escorrega definitiva-mente para baixo da mesa. Digno e magoado, Manolo Morales prende o gargalo nos incisivos e sorve o resto do conhaque. Depois, senta-se ao lado do brasileiro.

"Nada tem mais importância no mundo do que a solidariedade...", e ele chama: "Eisenbach..."

"Já sei", conforma-se o alemão. "Você me despreza."

"Iba decirte seguramente lo contrario, Wilhelm, que te quiero mucho, como se quiere a un hijo, un hijito de cuna."

O serralheiro assoa o nariz num lenço verde.

"Já sabia, mein Freund, todo o mundo sabe, jedes Kind weiss."

Despedindo-se em silêncio de Bepo Campolongo e Ferrari, Balarim acaba de sair para a noite que caiu pesadamente fora da luz mórbida do lampião.

Eisenbach ajoelha-se ao lado de Morales e ajuda-o a acomodar Mestre Caetano de volta aos sacos de farinha. Olham por um momento o brasileiro, um pouco soturno, essa mania de beber sem forrar o estômago, os cabelos crespos, começando a pintar atrás das orelhas, de repente, apesar do barulho, o tilintar da registradora, espanhol, deixe em paz os bagos de Franco, venha passar sal grosso no meu pau. O que falaram, Wilhelm? Geduld, mein Freund. Assim de perto, a cicatriz no queixo do serralheiro parece iluminar-se, uma centelha, *a rosa esfacelada* duma antiga canção de soldados. Por isso Manolo Morales se comove. Nesse instante ele sofre a saudade de seus homens, aqueles que levavam no coração uma grande fé. Pensa na trágica madrugada de Cádiz. A tropa invadira a bodega arruinada dum velho andaluz, perdido por ali, no meio duma guerra que ele não podia compreender. Todos com fome, a garganta seca, a morte era a esperança. O velho ofereceu tudo quanto poderia dar: a sua botelha de água, onde nenhum soldado tocou. Eram bravos. Eisenbach acaricia a cicatriz.

"Saí com isto duma prisão de Barcelona", empurra na direção de Morales a sua garrafa de cachaça com canela. "Você ainda tem alguma ferida?"

Morales bebe com dignidade.

"Si. Solamente en el corazón."

"Cale a boca, espanhol."

"Eisenbach. Usted has oído? Me han acertado una puñada en el más fondo de mi pecho..."

Campolongo e Ferrari, saindo do bar, tomam o rumo do pontilhão. Evitam os alagados da última chuva. Alcançando os trilhos, pisam com fúria nos dormentes de baraúna.

Eisenbach enxuga uma lágrima na manga da camisa. Morales ergue-se cambaleando. Tem consciência de que os tempos andam difíceis e o sorriso do ditador, o Franco daqui, não esconde a tortura nos cárceres do Rio, de São Paulo, de Fernando Noronha.

"Bira. Mi palabra es un jinete... un jinete... un jinete..."

UOMO

Atrás o pontilhão, na frente a subida da Floriano, Gino segue agora pela Riachuelo, sozinho e sem pressa. Santana de Serra Acima se dissolve nas brumas. Ninguém nas alamedas do Bosque. Gino abre a porta de sua casa, entra, apenas o luar o acompanha, inesperado e indeciso, mas desaparece quando o trinco ressoa levemente. Depois, nenhum ruído.

Longe dali, na choça imunda, Atílio Ferrari chama por Orozimbo. Campolongo desconjunta os batentes da porta com um pontapé. No quarto, muito limpo, a luz da lamparina desce pelo rosto de Ângela. Mesmo de fora, Ferrari sente a fedentina do casebre. Gino não tem nenhuma pressa. Bepo Campolongo risca um fósforo. Gino Balarim aproxima-se do rosto iluminado de Ângela. Com um soco, Ferrari desarticula o cabide, que cai em cima do macacão de zuarte. A mão de Gino sobe, fecha-se, e violentamente despenca sobre a cabeça de sua mulher. Ângela não reage e não entende, apavorada, minha mulher, la moglie, em quem eu bato quando quiser. Campolongo arrebenta a tarimba de lascas de coqueiro, e de posse dum sarrafo golpeia a litografia de São Jorge, arrancando largos pedaços da taipa. Ângela tomba de joelhos, e de boca fechada se põe a rezar. Gino tira o cinturão e corta-a, corta-a. O homem bate na mulher. Ferrari joga o caixote contra as tampas da janela. As tábuas do soalho, lisas de cera e rodilhão, tremem sob os sapatos e os direitos do pedreiro. Ângela morde o dorso das mãos para não gritar. As solas ferradas de Gino atacam o soalho com estrondo, minha casa, minha mulher, e na saleta ao lado a cristaleira retine. Assustado, Luisinho acorda e subitamente perde o fôlego, debate-se, então começa a chorar. O retrato do casamento vem ao chão e os cacos do vidro partido saltam da moldura. Campolongo pulveriza a garrafa de cachaça contra o retrato do ditador e da cantora, abaixo da janela. A poeira da caliça esvoaça na obscuridade crua do cômodo.

Depois Gino pega um lampião e abandona o quarto. O choro convulso do menino permanece na penumbra. A noite, sob a aparência dum brilho azul, escorre pela vidraça.

Campolongo risca outro fósforo e Ferrari abaixa-se. No chão jaz a estatueta de chumbo de São Jorge, com o cavalo sem a cabeça.

Os Canova acordam na casa do quintal. Acendendo a lamparina a óleo, figlia mia, atravessam o pomar para socorrê-la. O neto mais velho, José, esconde-se no camisão da avó e vê o pai espatifar entre o poço e o forno um garrafão. Aqui tem homem. A pele de vinho e a mão de boccia, Mangialardo escala o muro da frente, o que aconteceu? Atrás da janela, até os Bruder abrem temerosamente uma fresta. O cachimbo mordido, o avental de lona, o grande Carlo Moscogliato, de Forli, interrompe o serão na sapataria e observa o vizinho, teria enlouquecido? Dio, quebrou um garrafão de vinho tinto. Espero que vazio. José Balarim está descalço. Não pise nos cacos, menino.

Aclamações na cidade, voltou a luz.

NOITE LONGA

Um vento escuro e anônimo enervava a copa das árvores, ainda úmidas, simulando uma garoa retardatária. Cansado, stanco per l'eccessivo e bruto lavoro, Campolongo moderou a raiva: caminhou na direção do poço.

"Onde se enfiou o negro?"

"Vamos queimar o casebre", resolveu Ferrari.

"Isso não adianta", Campolongo deu a volta ao poço e olhou o bambual. "Choveu demais."

Além dos trilhos, na baixada do pontilhão, a bruma já não resistia aos pontos da claridade que vacilava nas ruas e nas janelas. Pisaram num charco. Depois, um voo esbranquiçado, uma suindara riu deles e desapareceu no mato. Ferrari puxou a corda e lavou-se na caçamba.

"O Chico Witzler está construindo um rancho na estrada de Itatinga."

"Muito longe", Campolongo recusou a água.

"Diabo. Maledetto nero."

Repentinamente, ao alcance do medo, o rumorejar da asa agourenta. Quase que só há abutres, irritou-se

Campolongo e viu as nuvens dissipando-se no alto da escarpa do João Fernandes, a lua aos pedaços, enroscando-se no arame farpado. Disse:

"Não foi nada bom ter deixado sozinho o Balarim."

"Santo cielo...", concordou Ferrari.

"Quello grossolano."

Retornaram pelos trilhos e o ar frio acalmou-os. Bella nottata. Separaram-se no pontilhão. Vero. Ferrari já não pensava mais em Orozimbo. Parado, com o vento a agitar-lhe as abas do colete, as fivelas soltas, olhou por um momento as luzes que salpicavam a Floriano. Campolongo sumira no escuro. A cantoria dum bêbado estirou-se, lerda e densa, em algum quintal. Depois o silêncio se abateu sobre a vila, vergando os telhados e gretando as paredes coloniais.

Ferrari tomou o rumo da Estação, sob a lua vaga. Aspirou largamente a aragem da noite, e por um prazer imediato, completo, atravessou correndo a praça das sete paineiras. A escada de pedra, entre o galpão aberto e um dos armazéns, vinha do tempo dos escravos. Apenas a escada resistira. Só o que é pisado sobrevive.

Sinais vermelhos e verdes tremeluziam ao redor. Dois vultos descarregavam na plataforma os fardos duma gaiola. Atrás deles, encostado a um pilar, um homem de boné rabiscava com displicência uma caderneta. Encerados de lona parda cobriam pilhas de lenha num terreno capinado. Por que não estavam no pátio? Alguém desviava lenha da Estrada, raciocinou Ferrari. Ele cruzou os trilhos sem calcar os pedriscos sob a sola gasta. Uma luz amarela atingiu-o.

Soou nas montanhas o apito do trem de São Paulo, agudo e lamentoso. Apressando-se ladeira abaixo, Ferrari contornou um tapume de zinco e ouviu, muito perto, o chiado duma locomotiva. Apesar da névoa, as casotas da ferrovia mostravam no frontão, visivelmente, o símbolo da Sorocabana. Tinham as vidraças a placa estanhada da fuligem. Ferrari abotoou o colete enquanto andava. Nas linhas de manobra, a espaços, a ferragem dos trens se atritava até o estrondo dos engates. Ao fundo, e ao longo da serra, a mata não se distinguia da noite. A hora preservava o frio e a umidade das samambaiaçus na beira do barranco. No escuro, era crespa a visão que se tinha de suas ramas ásperas. Algumas batiam no rosto de Ferrari, que deixara longe o último leito de brita. Afastando-as com o cotovelo erguido, ele se internava no mato até a trilha de Guilherme Gori.

Correu, e isso o excitava. Pios noturnos o cercavam pelo caminho, vagalumes acendiam moitas. Quando Ferrari tocou na tronqueira e suspendeu a alça de arame, o vento despertou o cheiro de alho nos estaleiros de Guilherme Gori, cunhado de Campolongo. Uma luminosidade cinza se dispersava acima dos palanques e dos telhados negros.

Ferrari invadiu a chácara e largou a tronqueira fora da alça. Nisso, um arrastar de corrente na lama, um rosnar ofegante, uns olhos cresceram diante dele, medonhos, uma sombra moveu-se bufando e ambos se atracaram, contendo-se no capim, sem rolar, e estavam abraçados, por um momento eles eram músculos, calor e pelagem arisca.

"Quieto, Golias. Já chega..."

Ganindo, o cão encaixou a cabeça enorme no colo de Ferrari, empurrou-o até derrubá-lo. Farejou-o com surpresa e felicidade.

"Golias... Golias...", Ferrari esfregou fortemente o dorso do cão e alisou-lhe o focinho. Ele era giallognolo, parrudo, inimigo de estranhos, mestiço de pastor. Tinha brio e inquietação. "Vá buscar o Sirocco", bradou o homem. "O Sirocco", ele repetiu a ordem. "O Sirocco, agora...", ele atiçou-o com um gesto. Golias, fazendo a corrente saltar no alto de sua cabeça, abocanhou-a e sumiu na invernada.

Era um bragado, o Sirocco. Mais alazão do que baio e muito bom de pisada. Ferrari salvara-o duma úlcera de verão. Montando, ganhou logo a trilha do outro lado da cerca e repôs a tronqueira no laço, sob o olhar e o faro do cachorro.

"Ciao, Golias", mas ele, de volta aos estaleiros, já rondava o sereno e a noite. Dizia-se que o Gori passava a vida fodendo por causa do alho. Ferrari colou-se à cernelha de Sirocco para sentir no rosto o roçagar da crina. Era um modo de evitar os nhapindás desgarrados. Conhecia o animal todos os caminhos capinados a casco que levavam às ribanceiras do Peixe e do Tietê. Um relincho, ele escolhia o chão. Aqui não chovera, percebeu Ferrari, e agora na encosta um curiango pousava num cupinzeiro. Os rumores do mato se ampliavam no mormaço. Quando o cavalo desceu a escarpa, sem tropeçar nas lascas vulcânicas, o curiango voou para a forquilha duma embaúba.

De repente, vencida a capoeira, fosforescências no lançante despertavam a serrania: nada mais eram que os *cupins luminosos*: acendiam o mundo e maravilhavam quem visse. Sirocco trotou ao largo numa andadura solene. Ferrari não se espantava mais com isso, mas gostava, eram larvas de salta-martim, lagartas de vagalume nos cupinzeiros. Emitiam uma luz esverdeada para atrair as siriluias da estação. Piscavam na noite soberba. O curiango deslocou-se para o bambual.

Melhor do que qualquer vaqueano, Sirocco pressentia o vau dos rios e os abismos verdes, súbitos, escondidos na mata planaltina. Espalhando a lua na água, e pisoteando-a ao longo das pedras, ele atravessou o Peixe. Na areia, Ferrari apeou, livrou-se das vestes de operário e entrou no rio como o dono de seu destino. Maria Adelaide, ele murmurou. Lavou-se com brutalidade tensa, e enquanto nadava, inesperada a ereção, pensou, iria pela Estrada de Conchal ou pelas montanhas? Saiu para a margem, o vento já o enxugava, menos os cabelos, estavam longos e grudados à nuca. Ele estremeceu. Também a noite estremecia de avisos.

Resguardou-se no calção e entrouxou a roupa no amarrado da cinta. Pela serra, chegaria bem mais cedo. Olhou os patamares de basalto, traiçoeiros, mas não chovera por aquelas canhadas, confiaria em Sirocco. Montou. Era musculoso e ágil. A luz entre a galhaça aloirou os seus cabelos. Agora pareciam secos e brilhavam. O curiango desistira de segui-lo.

Atílio Ferrari mais adivinhou do que viu a chácara do Rocha, a casa na colina, com o muro esverdeado e as mangueiras cobrindo o alpendre de trás. Quase encostando as ancas do animal nos pilares onde vicejavam as primaveras cor de vinho, fez o Sirocco trotar pelo caminho da ponte. Foi e voltou, lentamente. O ruído dos cascos procurava a cumplicidade do ar. Depois soltou o cavalo no pasto, e destrancando a porta do paiol, mantendo-a aberta, deitou-se na palhada do milho. Desalojou alguns ratos. A luz dum lampião agitou-se no alpendre da casa, aproximando-se. Ferrari tirou o calção e cerrou os olhos. Ao abri-los, cheiro de mulher e também de querosene, a luz não parecia vir do lampião, mas da nudez de Maria Adelaide.

ESTAMOS BÊBADOS

— Valeu a pena?

Siriluias cercavam a luz mórbida. Algumas estalavam levemente na manga de vidro. Ferrari voltou-se para pendurar o lampião num parafuso da escada de caibros. Impossível. Seria a voz de Bento Calônego, pastosa e oblíqua, ecoando nos desvãos do paiol?

— Sempre me pergunto se valeu a pena tudo isso... — confessou Bento Calônego.

Mas a chama amarela, azul junto à mecha, tornou-se vermelha e foi escurecendo aos poucos. Não era mais o lampião: era o copo de cristal belga onde cintilava o vinho de Ivo Domene. Duas Encostas. Ferrari alcançou outra garrafa e ajustou o abridor na rolha: girou-o sem esfarelar a cortiça e puxou-a até ouvir o estalido cavo.

— Deixe de bobagem, Calônego... — Jonas Vendramini sempre foi incapaz de conter a autoridade. Ainda que involuntária a aspereza, e sem cabimento, não se recompôs apenas por não tê-la percebido. Na verdade, jamais se irritava a sério com os seus peões, quando ébrios e melancólicos. Ferrari encheu os copos.

Que milagre trazia do passado o Sirocco, o cheiro de Maria Adelaide, o paiol, a cautelosa luz do lampião? Deixe de bobagem, Atílio. Olhou entre os tocheiros de cobre a noite alta e romana no relógio da parede. Ivo Domene anunciou:

— Estamos bêbados.

— Por isso sobrevivemos — acrescentou Jonas. Estavam rindo. Ele calou-se. Alisou com a unha a dobra do toalhado. Fez crescer no alarido da conversa a sua ilha de silêncio. Nem notou que Margarida o servia de jaracatiá e queijo. Ao redor, tinindo o brinde nos copos, lembravam como Calônego espantara em 1924 um sargento de lenço vermelho no pescoço e túnica desabotoada, com um rasgo de bala na ombreira, o vagabundo vinha escoteiro, não era desertor, queria mulher branca, mas aproveitou a manobra para requisitar uns garrotes em nome do Exército Revolucionário, churrasco para uma quadrilha fardada, bando di finocchi, o vadio garantia a dívida rabiscando num papel de embrulho, sì, sì, e o pagamento não tardaria, chegaria de trem, sempre no horário, com a vitória de nossos ideais políticos e a redenção de nosso heroico e sofrido povo, filhos duma puta, desesperou-se Bento Calônego quando o avisaram, mas ele não perdeu o tino, cavalgando pela baixada o militar não poderia ter visto o pasto, o dono chamou os meninos, combinou com eles, saíram correndo, então, mastigando grama, começou por tomar um banho de chão na pocilga, agarrando-se a uma porca de dez arrobas, depois rolou em estrume de vaca, pegou piolho de galinha, mijou-se na roupa e usando o esterco da mula como brilhantina, fartamente, no crânio e no peito, apareceu fedendo diante do patriota, coçando bostas de variada origem e mostrando os dentes verdes. O cavalo refugou e escoiceou o susto, meio que empinou de atravessado, e o sargento sacou o revólver. "Ali é a trilha do pasto", gritaram os meninos e foram na frente. O militar, desconfiado e de pálpebras traiçoeiras, com cara e corpo de boliviano, esporeou o animal para afastar-se da fedentina. Seguiu a trilha que dava para uma quiçaça. Bento Calônego teve tempo de esconder os garrotes no mato e lavar-se no Pardo.

Margarida lidava com a tralha da cozinha. Disse:

— Esse fardado não trouxe a tropa depois?

— Trouxe uns voluntários — Jonas acompanhou a risada dos peões. — Una brigata di malfattori — acrescentou casualmente: — Nem mereciam os urubus do velório. E o que não fizeram com o negro Orozimbo, fizeram com o sargento.

Tinha Margarida uma memória tenaz.

— O caso do sargento aconteceu bem antes. Mataram a corja toda e puseram a culpa nos índios.

— Por isso sobrevivemos — Jonas amarrotou em cima da mesa o guardanapo adamascado. O pensamento aquietou-se como um peão depois da jornada. Margarida coava o café na pia. Ainda restava um quarto de vinho na garrafa. Casa Domene já seria suficiente, argumentou Ferrari com entendimento. Qual a razão deste acréscimo no rótulo, Duas Encostas?

Domene desenhou no ar as ondulações dum

vinhedo sulino. Sendo duas as encostas, explicou com as mãos, numa estão as vinhas do aclive, fruindo o sol da manhã. Ma che poeta, arrastaram cadeiras e aplausos. Na outra, a do lançante, os cachos banhando-se ao sol da tarde. Pena que o filho do Leôncio foi embora mais cedo. Ele tomava nota, mio cazzo. Fermentação em tonéis separados, Domene disse em confiança. Mas a maturação no mesmo tonel, em proporções variáveis conforme a acidez da safra. Ecco.

Margarida tomou o café na cozinha, de costas para os gringos. Tinham esquecido o defunto. Lavou logo em seguida a sua xícara e colocou-a a escorrer, velho hábito das negras. Deixe de bobagem, Margarida.

Faria tudo de novo, Jonas mexeu o açúcar no fundo da xícara. Talvez com um pouco mais de sangue, bebeu o café forte. Nenhum arrependimento, a gota marrom alargou-se no píres e pingou na toalha. Eu precisava dum latifúndio para ser sepultado, chegaram a espalhar que ele dissera isso. Por que deixaria a terra rossa aos herdeiros dos Quatrocentos Degredados? A beleza da mulher se mede por alqueires, ele nunca desmentiu a frase. Não pretendo viajar pela Itália. Jonas encheu outra xícara e perseguiu a fumaça com o olhar límpido. Não tenho ninguém para matar na Itália. Ecco.

Debochando da decadência, acenderam cigarrilhas de filtro. Mas exigiram de Margarida as verdadeiras dimensões do pesce de Orozimbo. A negra regressou dignamente à cozinha. Surda para as risadas, e gorda para aborrecer-se com pecados antigos, ela imitou os gringos, erguendo a mão e juntando as pontas dos dedos. Esses brancos não se dão mesmo ao respeito. E esqueceram o finado.

TREM DE CARGA

Orozimbo viaja para São Paulo no último vagão dum trem de carga. Baldeação em Itirapina, ele ouviu falar. Dentro da noite, a fuligem se expande num cheiro de oficina mecânica, adeus, Chico Witzler. O negro acabara de amontoar na maleta os sapatões de couro branco, as meias de algodão vermelho e o colete cor de laranja. Tem um toco de cigarrilha nos dentes e se diverte com a sempre-viva que, presa entre os artelhos de seu pé esquerdo, seca e áspera, agitando-se com o balanço do trem, oculta-lhe o dedão de unha recurva.

O cotovelo no estrado, a mão na carapinha, Orozimbo deita-se de lado e puxa uma baforada: acompanha com os olhos sonolentos uma fagulha da locomotiva: o soberano move-se, solitário e memorioso.

Quando o trem parou, num solavanco, a sempre-viva caiu do vagão e ficou no trilho.

Agora o trem vai indo devagar. Orozimbo pensa numa garrafa de cachaça, inteira e aconchegante: e imagina um samba sestroso. Morde a cigarrilha. Baldeação em Itirapina.

TIO ALFREDO

Juca, engraxe os sapatos antes de ir para a casa da tia Milu. Lave as mãos no tanque, cuidado com a camisa branca, veja se não tem botão frouxo e não repita a sobremesa.

Faz calor para calça comprida, não tenha pressa de crescer, já passei a azul, de riscado, depois eu quero espiar as orelhas perto da janela. Já esfregou os cotovelos? Dependurou a bucha? Apertou a fibra para escorrer a água? Se o tio Alfredo contar piada suja, não ria. Meias pretas porque estamos de luto.

Criança que usa cueca antes do tempo fica sem-vergonha. Não saia sem pedir a bênção de seu pai. Pegue esta sacola pelas alças, com a geleia de amora e os novelos de linha, a tia Milu sabe. Molhe os cabelos antes de pentear. Gravata, só se for a preta, de elástico. Não beba gelado e não derrube o copo.

Desdobre o guardanapo no colo. Não chupe osso. Não morda o palito. Lembre-se, sempre se mastiga com a boca fechada, mesmo polenta quente. Não desaperte a cinta durante o almoço, coisa mais feia. Eu quero o crochê só nos lados menores do pano, não na volta

toda, a tia Milu sabe. Dio ti benedica, Juca.
Ciao.

Conheço peão que gasta raspadeira de cavalo nas cordas duma viola e acredita que toca, brincou tio Alfredo, e esvaziando uma garrafa de cerveja escura, o vidro baço de tanto gelo, Pilsen, colocou-a atrás de sua cadeira como se estivesse num botequim do bairro do Turvo. Já rindo alto, enxugou a espuma do queixo no guardanapo. O arroz pegou no fundo da panela, aborreceu-se tia Milu, de turbante, broche e avental. Eu gosto muito de arroz sapecado, apressou-se Juca. O velho Aldo Tarrento também apreciava, recordou tio Alfredo e jogou numa caixa de sapatos, em cima do aparador, a tampa da cerveja; além disso o tio colecionava rolhas de cortiça, barbante, arame, parafusos e búricas, passe a berinjela, Milu. Ofereça batatas ao Juca.

Muito próxima, a morte do pai. Estão quentes, tia Milu avisou. Bem a propósito, o vizinho dos fundos, o que cuidava da horta, ligou o rádio:

O homem tem guarda-peito
e o cabresto na mão
O cavalo usa peiteira
casco ferrado e bridão

Memória para estribilho
espora de muito brilho
o homem lustra a perneira
e a viola da solidão

Era um violeiro, exaltou-se tio Alfredo e esbarrou de leve na garrafa. Emocionado, apanhou-a para examinar-lhe demoradamente o rótulo. Juca soprou a batata e olhou o tio: a veia da têmpora, pulsando, marcava a cadência duma saudade sombria e culposa.

Raspadeira, um modo de dizer, tia Milu livrou-se do avental e puxou a cadeira: era a última a sentar-se, e ainda na ponta. Essas manias, essas manhas de violeiro, gesticulou o tio Alfredo. Ele ficava importante no domingo, vermelhusco, ocupava com vitalidade a cabeceira da mesa, polenta se corta com linha, explicou, de baixo para cima e fetta per fetta. Parecido com Antônio, menos a corpulência do irmão e os suspensórios, amontoava os spaghettoni na colher antes de levá-los à boca com o garfo, o braço erguido, a fome sôfrega e vigilante. Fartava-se com inocência e tolerância, era o dono, o marido, o tio, o provedor, e a carne branca do frango desfiava-se com docilidade sob o império de seu garfo e de sua faca.

Gritou, mais queijo ralado, mais molho. Era um prazer estar longe de Antônio. Por isso, seguraria o osso da coxa com o indicador e o polegar, logo mais, e sacudindo a garrafa verde da Barra Grande, atentou para o colar na transparência do vidro, à contraluz, e deitou três talagadas no copo de cerveja. Olhou em torno com um humor beligerante. O talher retinia no prato e as lojas fechavam aos domingos. Cal. Ferro. Cimento. Casa Tarrento. E, pensando no beato Bergamini, contador e cretino, escapou-lhe o guardanapo entre as pernas, alcançou-o no tapete, desculpou-se, cambaleante e operístico, e já no prumo, recitou contra a vontade de tia Milu:

Si l'amore ti inganna,
avanti la puttana.
Si l'amore è pazzo,
avanti il cazzo.

Juca não riu.

Queijo de confiança se percebe na faca limpa. Milu, sirva outra colherada de doce de cidra ao Juca. O meia-cura da Fazenda Calônego não adere ao fio, veja só, nem é preciso tirar a casca, mas às vezes tiramos para engrossar a sopa. Milu, corte mais um pedaço. Coe o café, Milu. Passe o açúcar ao Juca. Vou fumar o meu Elmo liso. Você não, Juca; o Antônio me enforca no suspensório esquerdo, o beato Bergamini me exorciza. Traga os fósforos, Milu. Pois como eu dizia, o bom violeiro guarda um guizo de cascavel na caixa de ressonância do instrumento.

Alfredo, você sabe que cobra me arrepia. Então não ouça, moglie. A prova do violeiro consiste em entrar no mato à noite com uma lanterna e apertar a cabeça duma cobra-coral com o polegar e o indicador da mão direita. Que horror, Alfredo. Depois, erguer a cobra e permitir que ela se enovele nos quatro dedos da mão esquerda, menos o polegar. Credo, tia Milu foi para a cozinha. É que o polegar da esquerda não toca viola, observou tio Alfredo.

Descolaram daqui as fotografias da nonna Ester e

puseram tudo neste envelope. Os grampos estão enferrujados, convém não mexer, machucado de ferrugem dá tétano. O Antônio, seu pai, destruiu um álbum inteiro, eu me lembro, foi num momento de insensatez, ele ainda não era gordo e se descabelava até sem beber. Estou com sede, Milu. Imagine. Esta menina de cinco anos é a tia Deolinda. Não tem mais gelada, Milu? Ela não podia correr que se cansava, pobre Deolinda. Um dia sentou-se num chão de capim-amargoso e tombou de lado. Tinha os olhos bem pretos e um ar desconfiado. Obrigado, Milu.

Com licença, vou desapertar a cinta. Ninguém acredita, este sou eu, de pijama de flanela e às voltas com a minha boiada de chuchu e palito de fósforo. Não me esqueço da nonna Ester amassando a pasta dos fusilli no sábado, Juca. A mesa era de nogueira inteiriça, com entalhes do Isidro Garbe; e veio da casa de Jonas Vendramini, de Santana Velha. Estendida a massa no tampo, com um cabo de vassoura lixado, muito limpo, a mamma polvilhava tudo com um punhado de farinha de trigo, espalhava com a mão, firmemente, e esperava os três minutos certos para separar as fatias à faca. Eram fitas que ela enrolava uma por uma numa vareta de guarda-chuva. Onde está a vareta, Milu? Procure entre os espetos de churrasco, no gavetão do meio, ou no embornal de couro de cabra. Achou, Milu? Depois, com uma ventarola de palha, abanava para secar mais depressa e acomodava aqueles parafusinhos amarelos numa fronha de saco de farinha. Olhe a vareta, Juca.

Alfredo começou a chorar. Não chore, Alfredo: durma um pouco no sofá da sala: não segure o arroto: desabotoe a camisa no pescoço: deixe: eu desamarro os seus sapatos.

Barriga cheia, pé na areia.

Ciao, Juca.

NEIDE SIMÕES

Eu faço amanhã quarenta anos, e Neide penteia os cabelos para o enterro de Bira Simões. O corpo chega de trem, à tarde, pelo ramal de Rubião Júnior. Gente como Bira Simões logo se resigna às bitolas estreitas. Quarenta anos. O espelho da cômoda acolhe o olhar oval e estático de Neide. Ela fecha bem devagar o corpete. Dissera o doutor Losso, o ar de Rubião Júnior opera milagres. Nenhuma ruga. Nenhum fio de cabelo branco. A pele se arrepia nas curvas do colo. Entretanto, em Rubião, Bira Simões escarrou sangue no alpendre da pousada. Neide experimenta o véu e o vestido. O pano descai para encobrir a custo, lentamente, as coxas largas e os côncavos aveludados. Ela acaricia a penugem do pescoço. O luto não embeleza a mulher, adverte o espelho, mas propõe um mistério sem chave, ou de código oculto, e que se dilui no contraste entre a sombra e a nudez, excitante e intocado.

Foram buscar Bira Simões com um caixão de pinho, o terno marrom, a camisa azul e meias sem furo. Neide volta aos cabelos, separa-os em mechas e por elas faz correr o pente de osso. Arruma-os num coque encorpado, atrás da nuca, escolhendo as ramonas sobre o tampo de travertino. No baú de charão repousa um frasco de perfume. Estaria vencido? Talvez chova durante o enterro. A ausência do marido, esse vago incômodo da memória a ser sepultado dentro de poucas horas, desperta-lhe a fome. O sonho de Bira Simões era abrir um bar numa das esquinas do Bosque. Lá estavam os vicentinos e os rotarianos. Neide equilibra entre os seios o broche com um camafeu. Não aparento mais de trinta anos, e saiu do quarto.

Bira Simões morreu sozinho. Neide não usará cebola ou alho para o ragu de porco. De cabeça baixa, sentado na soleira de cimento vermelho, Leonildo não pressentiu a aproximação de Neide na cozinha. Acabou por vê-la e ergueu-se com a pesada resignação dos negros. Nascido na fazenda de Artidoro Credidio, de mãe volante, era afilhado de Bira, não de Neide. A senhora precisa comer alguma coisa, e ele secou o rosto no dorso do braço musculoso. A aparência do rapaz era ao mesmo tempo contrita e, dum modo indecifrado, temerosa. Compassadamente, a patroa acomodou os quadris na cadeira, junto à mesa. Leonildo espetou na faca as beterrabas da panela e cortou-as no escorredor, roxas e fumegantes. Descascou ovos cozidos, de galinha, e preparando a travessa com eficiência e capricho, sempre de cabeça baixa, colocou-a na mesa nua. Retornou ao fogão para esquentar o arroz e tostar a crosta do pão branco. Atiçou o lume entre os paus de lenha. Trouxe do armário apenas um prato, o talher e os temperos. Estou sem fome, Leonildo desculpou-se e mexeu o arroz com a escumadeira. A patroa não sentia a perda do marido. Mas, com a intuição de que o negro procurava no seu rosto o abatimento da viúva recente, punha na mastigação a solenidade dos ruminantes. Fica o ragu para depois do enterro, refletiu Neide, distraindo-se com o fogo sob a chapa de ferro, enquanto triturava o simulacro de dor com saliva, azeite, sal e cheiro verde.

A VIÚVA

Apressaram o enterro por causa da chuva. Com a impaciência dos vivos, induziram o jovem padre a economizar o latim. Simplificando a saudade e a religião, deram as costas ao morto e ao padre. Sabiam quem mandava os trovões, não a coroa. Meus pêsames. Neide livrou-se dos conhecidos e correu até o Ford do motorista Evilásio Foz. Subitamente, parecia noite e ela pensou em Leonildo. Mas pensou com dureza, uma centelha estalou acima dos ciprestes, ele deveria estar à espera no portão do cemitério. Fosse a pé, exasperava-se. No carro, Neide tirou os sapatos e percebeu que um fio se rompera na meia fumada. Olhou o mundo sem Bira Simões. Leonildo escrevera a pincel numa tampa de papelão, *fechado por luto*. Amanhã isso iria rasgado em tiras para o barril das sobras. Agora eu posso transformar aquele botequim de gringos num estabelecimento decente.

Pelo retrovisor, Evilásio Foz observava com respeito o sofrimento da viúva. Ela calçou os sapatos só na Baixada da Floriano. Talvez despedisse Leonildo.

Obrigada, Evilásio. Fora do carro e, nos limites da

barriga, Evilásio Foz tentou a curvatura da solidariedade. Quando Neide destravava o trinco do estreito portão para empurrá-lo, o salto do sapato se torceu e ela apoiou a mão no muro, junto a um galho da goiabeira. Mais um relâmpago estilhaçou o céu escuro. Tinham a mesma cor, a pele da mulher e a casca lisa do tronco. Tantas foram as decepções no jogo do bicho, Evilário Foz já não se importava com nada, mas não se guardou contra a melancolia. Pobre viúva.

Mal entrou pela porta que dava para os fundos do balcão, o vento sacudindo os caixilhos e zunindo nas mangueiras do pátio, caiu o aguaceiro. O ar abafado, a lembrança das flores, uma sensação de enjoo, ela não queria entregar-se a inquietações tolas. No quarto, despiu-se com raiva. Jogou sobre a coberta as rendas íntimas. Sem nitidez, via pela vidraça o galpão de peroba e zinco. O ruído da chuva nas telhas e no calçamento criava na mulher uma perturbação misteriosa. O torso de Leonildo ocupou por um momento a janela do rancho. Neide abraçou-se diante do espelho, apalpando o calor das axilas. Irresolutamente, soltou os cabelos, guardando as ramonas no baú de charão. Parecia magra, com o colo delicado e os seios um tanto esquivos, mas as ancas contestavam a impressão, avantajadas e fortes. Com despudor, afastou as pernas. Pôs um vestido leve e branco, sem nada por baixo. A consciência de sua fragilidade essencial começou a amedrontá-la. Enfiou os pés nos chinelos e foi à cozinha. A mão hesitou na argila fria da moringa e depois no copo. Ao beber, um raio estourou na vizinhança, assustando a água que escorreu pela garganta e se refugiou por dentro do vestido, tocando-lhe um seio. Estremeceu. Fez o copo bater contra a pia. Puxou a porta do quintal. Os panos da limpeza tomavam chuva no coradouro. Vou despedir o Leonildo. Atravessou a chuva e, irracionalmente, com um vigor descomedido, arrecadou os panos e atirou-os no tanque. Vadio. Irresponsável. Molhada, largou os chinelos junto ao mocho da área e acercou-se da porta entreaberta. Leonildo dormia, menos o sexo, grosso e alto. Não seria o desmaio a convocação urgente de todos os sentidos? Neide parou perto da cama. Os braços de Leonildo estavam cruzados na nuca. Fora do rancho, nos baldes junto ao tanque, umas goteiras monocórdicas despencavam do beiral. A mulher arrepanhou o vestido e alçou-o acima da cabeça. Com insensata lucidez, pousou as mãos, depois os joelhos sobre a colcha de retalhos. Os cabelos escorridos agora roçavam o ventre do negro. Ao acordar, alarmado, tinha Leonildo um rosto no seu rosto e um abraço tépido no seu corpo. Isso não podia ser pecado. Nada disseram que tivesse algum significado. Foram aprendendo na carne que os sussurros são palavras cabisbaixas.

Neide saiu do rancho sem olhar para trás. De chinelos, com o vestido na mão, voltava devagar sob a chuva agora rala. A escassa claridade vinha da noite e da rua. Cintilações boiavam nos alagados. Com a cabeça encostada no batente da porta, Leonildo via desaparecer nos escuros da casa a mulher nua.

Inseguro quanto ao entendimento de seus temores, alcançou uma camiseta, um calção e as alpargatas. Esticou a colcha de retalhos e sentou-se na cama. Tê-la encontrado e perdê-la. Comprimiu as têmporas com as mãos espalmadas. Não se atrevia a recordar a imagem de Bira Simões. O amor é o pior dos vícios. Plantamos humanidade e apanhamos culpa. Ouviu a voz de Neide. Leo. Venha jantar.

PERDÃO

Água da moringa. Pão. Ragu de carne de porco com legumes. Alface-crespa. Sagu de vinho tinto e ameixas. Queijo curado. Neide ligara o rádio em surdina por causa do morto. Dividiram em silêncio a memória do que acontecera. Bira Simões era a cadeira onde Neide, por baixo da mesa, descansava um pé. Ninguém escorregou o olhar para o lado. Ao palitar os dentes com civilidade, escondendo o palito na concha da mão, Leonildo sentiu a falta de Neide, ela se retirara sem que ele o percebesse. O rapaz lavou e enxugou a louça. Misturaria depois os restos à ração das galinhas. Limpando a pia e o chão, volveu o rosto para a porta do quarto. Jamais teria coragem de entrar no quarto do padrinho, embora, ou apesar disso, ele já estivesse na Graça. Cuspiu o palito na lenha do fogão e apagou as brasas com água.

Nada se faz sem o conhecimento e a vontade de Deus. A passos incertos, embora já não chovesse, Leonildo retornou ao rancho. Aflições reconstruíram na sua mente a cama do padrinho. Não iria lá nunca e essa determinação o absolvia. Começou a orar antes de entrar na privada. Nu, mijou com valentia no vaso e acionou a descarga, puxando o arame com pegador de madeira. Abrindo o chuveiro para adiar odores e apreensões, esfregando-se com um resto de bucha, rudemente, em luta contra demônios invisíveis, teve uma ereção espontânea e completa. As lembranças lhe inchavam o ébano. Evitou a punheta com rezas e pensamentos elevados. O vento atacou de rijo o vitrô. Leonildo usou a toalha: o ébano exigia delícias mais felpudas: esticou-a entre os dois pregos da porta: saiu de calção e alpargatas: a camiseta nas costas: o ébano na vanguarda: o rapaz sacudiu a carapinha: perdão: e ao empurrar a porta do cômodo, pálida a luminosidade da noite e intenso o alvoroço dos sentidos, espantou-se com Neide deitada de bruços na colcha de retalhos. Deixou que o calção e a camiseta caíssem no piso de cimento. Perdão.

Depois, apoiando-se na cama, avançou com o cuidado dos cegos e a lógica dos bêbados. A mão percorreu de leve as coxas portentosas, acariciando-lhe o calor e o arrepio, e Leonildo viu a hesitação converter-se em ternura. Enfiou um braço entre as pernas de Neide para separá-las. Colando-se ao flanco e com a mão por baixo, pressionou-a para cima. A soberba carnalidade do traseiro o enlouquecia. Pela posse de Neide ele mataria Bira Simões. A luz da janela desnudava as emoções do negro e da branca. O estrado gemeu sob o peso e o movimento dos corpos. Com os cotovelos na colcha, não os joelhos, Neide esparramou os cabelos sobre o travesseiro. Leonildo mordeu-a e beijou-a nas costas, soltando saliva e perseguindo-a com os lábios. A língua deteve-se entre as duas fendas, acabou por tocar em ambas, resvalando por cheiros macios até decidir-se pela mais ávida. A mulher uivou como carpideira. Pobre viúva, não se omitiu o atento vizinho Evilásio Foz.

A xota pareceu a Leonildo uma pequena bolsa que aflorava no pentelho. Ali, entre as pétalas da abertura, ele ajustou o ébano e aprofundou-o. Todo amor é sempre fodamor e não existe perícia filosófica que desminta isso. Com rangidos a cama respondeu aos solavancos da afeição e do carinho. A culpa não faz barulho no deslumbramento. Partilharam o suor e o remorso moderado. De madrugada, quando já cantavam os sabiás nas mangueiras da Baixada, dormiram abraçados. Ao despertar, às cinco da manhã, Leonildo abraçava o vazio.

SÉTIMO DIA

Está linda a mulher do falecido, concordam os fiéis na missa do sétimo dia. Sendo de noite o ofício dos mortos, na igreja dos capuchinhos, regressam por uma das vielas do adro, íngremes as pedras sob a garoa. Com cuidado, úmido o luto, solas e saltos se detêm frente à gruta de Nossa Senhora de Lourdes. A solenidade da dor sugere a tensão do mistério e do sagrado. As ancas no vestido preto, o véu no colo ondulante e triste, formosa se encontra a viúva, e ao desamparo. Cedem-lhe a passagem pelo portão. Distraem-se os fiéis com reflexões na maioria honestas. O vento dispersa os respingos do arvoredo.

Vinham a pé e de guarda-chuva, contornando a lama e os alagados. Era vagarosa a ladeira a caminho da Baixada, contrito o silêncio e sôfrega a espera. No bar, junto ao balcão, os cristãos seguraram um cálice de porto, respeitoso e fúnebre. A surpresa dum salame, ou dum reles queijo, logo se esvaiu. Tímida e inquieta, a viúva recusou a cadeira para recolher-se à solidão com a desgraça da perda, todos compreenderam. Nenhum paletó foi desabotoado enquanto as palavras mediam a saudade. Meus pêsames. Leonildo revisitou os ferrolhos e as trancas. Um ligeiro tremor da mão, os cálices tilintaram na pia.

Entretanto, na porta do quarto, o escuro tampava as frestas. Não era tão tarde, e isso amedrontou Leonildo. Um trem arrastou as ferragens na direção do vento. As têmporas do negro latejaram no frio do corredor. Jamais ele arranharia a porta de Bira Simões. Já no cômodo, pendurando as roupas no cabide, deitou-se sob a colcha. Pensou em rezar um terço, de joelhos no cimento, mas a angústia se apossara da piedade, ainda que não da esperança profana. Mesmo assim balbuciou os hábitos de sua crença, Deus não lhe negaria nesta noite o calor de Neide, e a fé se manifestava no madeiro. Ele arrombaria a socos a porta de Neide. Ouviu as cigarras até dormir. Acordou com benfeitorias de lábios no ébano que, oniscientes, davam ao sexo postura e prontidão. Sumarentas. Odorantes. Ele tinha contra o rosto as benesses de Neide. Pelas coxas erguidas e abertas da mulher pulsava a única súplica veraz do corpo. Com o fervor de quem se recupera, e se reencontra, Leonildo lambeu a oferenda antes de regá-la. Na Baixada, uns arruaceiros vinham da Estação, esticando palavrões e assobios.

Pela manhã, de tamancos e calças arregaçadas, o rádio ligado na prateleira, Leonildo passou o esfregão no bar. Neide, com recato e sofrimento, expondo as olheiras da serena viuvez, atendeu os fornecedores da petisqueira. Alinharam-se no balcão empadas e quibes pesarosos. Músicas marciais no rádio. Parece que terminou a Segunda Guerra Mundial.

Na cozinha, Neide puxou do forno a assadeira dum bolo de fubá. Chamou, Leo. O cheiro do bolo sugeria rede de varanda e café forte. Acima dos telhados de Santana Velha, e na serrania do Peabiru, os sinos da Matriz, de Lourdes, de Aparecida, da Conceição, de São José, de São Benedito e de Santo Antônio do Capão Bonito, afoitos e descompassados, espalhavam a paz. Sem soltar o rodilhão, Leonildo imobilizou-se entre as ombreiras da porta. Ajustando o avental, disse Neide, quero que você leve esta assadeira a Najla Chaguri, em Rubião Júnior. Pergunte se o Bira ficou devendo alguma coisa na pousada. Pegue o dinheiro da gaveta.

Eram só dez minutos de trem. Leonildo saltou na plataforma quase deserta e apressou-se até a Praça da Estação. Uma luminosidade fresca percorria a manhã. Agora se reconhece ao homem o direito de abrigar-se na trincheira dos lares, discursou um jovem padre pelo alto-falante dum caminhão. Deo gratias, ele usava óculos e vestia sobre a batina um guarda-pó de viagem. Um cachorro se coçava no canteiro das hortênsias. A paz não é deste mundo. Precisamos implorá-la a Deus pelo exercício cotidiano da oração. Enquanto a pátria ia ressoando nos rádios e nas janelas, Leonildo atravessou a rua na esquina do Hotel Paulista e seguiu para a pousada de Najla Chaguri, a alça da cesta no antebraço. A paz resistia aos sinos e às bandas militares.

Há muito tempo deixara Najla Chaguri de lutar contra os estragos da idade. Usava sapato de homem.

Era gorda e suave. Tinha um boné para o frio de Rubião. Gritava na feira. Não se depilava nem mesmo no entresseio. Honesta, e portanto solitária, logo compreendeu que o melhor modo de sufocar os desejos era temperá-los com alho e cebola roxa. Sem ter sido preterida ou convidada, a sorte salvara-a do casamento. Não precisava agora dividir as economias com um desses bêbados da Estação. Com alegria triste, e torcendo um pano de cozinha na grama, recebeu Leonildo na escada do alpendre. Bira Simões morrera sem dever nada na pensão. Como a Neide adivinhou que eu gosto de bolo de fubá com erva-doce? Você almoça com os hóspedes. Incômodo? Imagine. Quantos anos você tem? Dezoito? Vá lavar as mãos no tanque do quintal. Parando na copa, Najla Chaguri cortou o bolo em cubos, empilhou-os numa travessa e recolocou a assadeira na cesta, com o guardanapo e meia dúzia de laranjas-da-terra, de casca marrom e verde.

O almoço logo seria servido. Apenas um casal de velhos e uma jovem pálida se encontravam no refeitório, ao que parecia, por causa do rádio. Cauteloso, o apetite atento, o homem assoprava na xícara um fumegante caldo de lentilha. As toalhas de xadrez vermelho já cobriam as mesas. As cadeiras de encosto e assento de palhinha estavam arrumadas. Leonildo preferiu comer perto do tanque, sob um abacateiro, junto à sebe de malvaviscos. Um pouco de lentilha, por cima o arroz com açafrão, um ovo de galinha e, ao lado, o paio entre as folhas rasgadas da couve. A ajudante de Najla Chaguri, ainda menina, de seios ansiosos e movediça anca, olhou o rapaz com curiosidade. Atrás da sebe, as casas baixas e de telhado ocre expandiam-se por declives onde o mato não escondia as hortênsias e as campânulas. Leonildo lavou na torneira o prato e o talher. Voltou para a cozinha. Sem ter consciência disto, sem julgamento ou alvoroço, ele adquiria o costume de ficar só. Lá fora, o sacerdote revendia o seu peixe podre. Rodando o caminhão pela praça, ouvia-se com secular enfado o evangelho segundo o alto-falante. Anunciamos Deus a quem não se apartou da serenidade cristã. Nada significa a paz sem a fé em Deus. Queremos o povo não só no sacrifício quase festivo da missa, ou no cortejo quase mundano da procissão, mas no pleno regozijo da crença. Leonildo dispensou o café, e pegando a cesta do chão, um gesto calmo e seguro, de adulto, despediu-se de Najla Chaguri. Não tomaria o trem. Iria a pé, uns dez quilômetros se tanto, pela trilha do Morro de Santo Antônio do Capão Bonito. Passaria pela mina de água entre os cavados da rocha.

Já no arruado de terra, no botequim antes da subida, um peão de boiadeiro, com indiferença pela paz, rolou o taco de snooker no pano verde e esfregou o giz na ponteira. Sobre o tampo do balcão, de estanho, o rádio transmitia as badaladas do mundo. O peão aguardava as modas de viola. Um velho de barba mosaica e mendicante, o chapéu de palha esfiapado na aba, arcado num mocho de onde escorria seu último cuspo, alvacento e farto, olhava o vazio. Gostou Leonildo de não ser aquele velho. Gostava que Neide não fosse Najla Chaguri. A alça da cesta umedecendo a mão, ele alcançou a trilha e começou a caminhar entre as margens de pedra e samambaia. A rota circular do morro ia revelando, através de ângulos que se modificavam, trechos caiados da igreja. Sem motivo, ele correu até a curva, atropelando o cisco do mato. Tinha uma agilidade animal e intensa. Lembrou Najla, os joanetes de Najla, a gordura ondulante e salutar de Najla, a verruga no largo nariz de Najla, e as indiscrições peludas de Najla, mas só para pensar em Neide, a nudez delgada e cálida de Neide, os cabelos ocupando todo o espaço do travesseiro, os olhos negros daquela mulher, ou castanhos, ou verdes, ou dourados conforme o encantamento da luz, e o rosto magro, inteiro na moldura dos ossos. Jovem. Jovem. Jovem. Leonildo respirou com força. Um frio tocou-o na espinha e ele hesitou diante da igreja. Meu Deus, tanto assim, seria o amor o tormento da ternura? E eu não bebi a cerveja dos brancos.

Sob o céu distante, sem nuvens, ele enxergava dali os arrabaldes de Santana Velha e os azuis misteriosos do Peabiru. Um dos fundadores da igreja foi Arcângelo Frederico. Ele subia o morro toda manhã para acender uma vela a Santo Antônio. No dia em que morreu, a vela acendeu sozinha. Leonildo leu a placa com o nome dos outros fundadores e reconheceu alguns dos gringos do Bar do Bira: Meneghin, Dallacqua, Michelin, Rossetto, Butignolli e o mestre de obras Daltore. Desceu a trilha para a fonte onde molhou o rosto, os braços, e ganhou a estrada ao lado da ferrovia.

Foi um susto. Surgiu do meio do capão um cavaleiro solitário, alto e um pouco torto na sela, o pelego alaranjado, o poncho apesar do sol, o zaino a trote de levantar poeira. Era Aldo Tarrento. Imaginem.

Deixou a cesta na mesa da cozinha. A mulher disse que o padrinho não ficou devendo nada na pensão e, de cabeça baixa, pondo o dinheiro na gaveta, estremeceu ao ouvir — tão perto — a voz de Neide. Coei um café, ela recolocou o bule na chapa. Agradecido, ele pegou a caneca. Já adocei, avisou-o. E foram para o bar.

O BOIADEIRO HERÓDOTO

Santana Velha, 1946. Apenas goiabada com queijo, ainda que cascão a goiabada e das Gerais o queijo. O boiadeiro Heródoto sempre dispensou Shakespeare e a sobremesa. Porém, num sábado de maio, cheio o bar e generosa a tarde, ele trocou Romeu e Julieta por Nildo e Neide. Eu quero um Nildo e Neide, e o sarcasmo reboou entre as mesas como um tombo de barril no ladrilho. A voz era de aboio e a inteligência de guampa. Sentiram todos uma paralisia no ar, enquanto o silêncio sitiava Leonildo no estrado do balcão. Heródoto estava de guaiaca e bota com espora. O cabo do punhal à esquerda da fivela garantia o interesse da infâmia e dava consistência à chacota. As coxas afastadas, as solas no chão, ele pressionava para trás o respaldo da cadeira, fazendo-a estalar e mantendo em suspenso as pernas da frente. Ele raramente se embriagava e nunca em público. Divertindo-se com a própria arrogância, queria a sobremesa. Buscava a cumplicidade dos outros, Nildo e Neide, quem mais quer? Os touros temiam Heródoto. Até os cães bravios o evitavam, de orelha frouxa e rabo pudico. O boiadeiro tinha arregaçado as mangas e o sorriso. Vinha ou não vinha a sobremesa? Ele era de Conchal e apreciava surrar de relho. Leonildo livrou-se do avental e circundou o balcão. Sem ruído, no caminho, foi roçando com as unhas o estanho do tampo. Aproximou-se de Heródoto. Ninguém saberia dizer que moda tocava no rádio. O pé sob a perna da cadeira, Leonildo impulsionou-o de baixo para cima como um soquete ao contrário. A cadeira escorregou, e após girar sobre si mesma, desconjuntando-se, lançou Heródoto de costas contra o assoalho. Por instinto, os fregueses se afastaram com sanduíches e copos, alguns arrastaram as mesas ao redor, outros a apreensão e o desagrado. Mas, com o recuo circular, reservava-se o âmbito duma arena. Neide abriu uma caderneta. Algum idiota aumentou o volume do rádio. Um sorriso raivoso, Heródoto tentou erguer-se com a mão no cabo do punhal. Atento, Leonildo pegou a cadeira e acabou de quebrá-la nos ombros do boiadeiro, ainda sentado nos ladrilhos. O peão puxou a arma e gritou negro. Leonildo acertou-o no queixo com um pontapé de sapato ferrado. Correu no fundo do bar o chapéu das apostas. A embriaguez do boiadeiro, caso tivesse existido como inspiração da valentia e da injúria, evaporara-se. No seu lugar emboscava-se uma lucidez perigosa. Ele esperava com a arma na mão. Porém, subitamente desatinado, os músculos tensos, jogou-se contra o negro que o susteve com os restos da cadeira. O punhal enfiou-se na palha do espaldar e Leonildo torceu-o, pondo-se de lado para acertar um golpe de cotovelo na têmpora de Heródoto.

Neide folheava a caderneta. Já desarmado, o peão caiu de joelhos. Logo conseguiu levantar-se. Leonildo passou a esmurrá-lo de esquerda para impedir a guarda, e de direita na cara, sem escolha, onde pegasse. Depositaram o chapéu na mesa dos fundos. Surpreendido e já temeroso, Heródoto pensou em desistir, ao estilo dos rodeios, rugindo alguma bravata de Conchal. Era mais alto e mais forte do que o negro. Encostou-se então numa das mesas e tentou o ataque com os pés. Mas a mesa deslizou, Leonildo agarrou com as mãos a bota esquerda do boiadeiro e virou-a até destroncar o pé. Enfim, um ferroviário aposentado decidiu-se e fez a sua aposta. Heródoto grunhiu e desabou de vez. Leonildo arrancou-lhe a guaiaca. Pisou-o no pescoço. Continuou batendo com a guaiaca. Usava a guaiaca como relho de aconselhar ladrão.

Nos fundos do bar, atrás do chapéu das apostas, uma voz se impôs com gravidade e sensatez. Rapaz, já chega. Houve um murmúrio unânime de simpatia. A custo, reconhecendo a vergonha, o boiadeiro amparou-se ao balcão. Leonildo mostrou-lhe o quiosque da registradora. Pague a conta e os danos. Neide fechou a caderneta perto do telefone e rabiscou o cálculo numa folha solta. Heródoto, com um rolo de notas na mão e afivelando a guaiaca, resgatou a soberbia. Um dia do peão e outro do touro. Três dentes a menos, a dignidade tonta e coxa, agora ele estava bêbado, saiu ruminando vingança e esqueceu o punhal.

Imaginem. A freguesia endireitou as mesas e arrumou o bar. Alguém varreu o chão. Outro esfregou uns panos úmidos no tampo de estanho. Assobiando, um velho carregou os destroços da cadeira para o depósito. Contabilizaram o chapéu com harmonia matemática. Afinadamente, acompanhavam a moda no rádio. Não se cansavam de distinguir Neide com o respeito a que faz jus uma viúva. Quem quis sobremesa pediu-a pelo nome shakespeariano. Heródoto era um mentiroso. Todos sabiam disso.

O RETRATO DE BIRA SIMÕES

Sentiu medo. Deveria ou não ter revidado à grosseria do boiadeiro? Teria cometido um erro? Estava de costas para a porta quando um perfume de banho o fez estremecer. Voltou-se. Ela usava uma blusa e uma saia. Para matá-lo com o adeus? O olhar de Neide elevou-se para o rosto do negro e inundou-o de seu mistério lunar. Beijou-o nos lábios. O medo, ao abandoná-lo, criara um vazio que antecipava o desmaio. Deitaram-se. Não tiraram a roupa. O abraço logo despertou o calor da cumplicidade e da afeição. Havia inocência na delicadeza dos corpos. Sonharam antes de dormir. Só mais tarde se despiram. As fodelícias do casal persistiram por dez anos e três abortos: abortos sem nenhum risco: a não ser para os fetos. Inauguraram o retrato de Bira Simões acima da porta. O fundador.

Mas Leonildo andou viajando. Era então substituído no balcão por ajudantes anônimos e passageiros. No quiosque, agora com charutos e missangas, o telefone avultava ao lado de Neide. Garrafões e queijos pendiam do teto. Heródoto já não se atrevia a falar mal do negro, *apenas ouvia mal*, interessando-se vagamente pela *impressão* do cabra Políbio de ter visto Leonildo como coveiro em Águas de Santa Bárbara. Ou garçom na Leni de Santana Velha. Outro intérprete da decadência alheia era o Duda Gibão, peão de estância em São Borja e estropiado por um boi argentino. Bêbado, ele tinha lugar certo para vomitar no muro do Bosque, entre as duas escadarias. Pois sonhou ter reconhecido o rapaz entre os presidiários da Ilha dos Sinos.

Leonildo pegou prática em restaurantes de São Paulo. Para conhecer a estrada e os caminhoneiros, dirigiu um Volvo de Cruz Alta. Trabalhou no matadouro de Guarulhos. Em Barretos, como instrutor ou vaqueiro de arena, ganhou dinheiro nos rodeios. Foi açougueiro em Águas de Lindoia. Com escrúpulo e ambição, ele e Neide foram juntando as economias e matando a sede, um do outro, nos intervalos. Mentalmente, já arquitetavam o Leonildo's.

Santana Velha, 1944. No galpão do Grupo Escolar Rafael de Moura Campos, a alegria dos meninos, a fila barulhenta e desordenada, agora a sineta impondo silêncio, Miguel Carlos Malavolta Casadei olhou pela primeira vez Selene Teresinha Soalheiro de Carvalho.

Santana Velha, 1955. Clara e de olhos verdes, o rosto muito liso, uma cova no queixo, o cabelo cacheado e longo, Maria Emília dava aulas no Moura Campos. Dona Neide, apresento a minha noiva Maria Emília, disse Leonildo de pálpebras abaixadas.

Muito prazer, disse Maria Emília.

Muito prazer.

Santana Velha, 1944. Selene Teresinha Soalheiro de Carvalho ocupa a segunda carteira do canto. Abre o estojo e tira um lápis de duas cores. O limpa-penas assemelha-se a uma flor de trapos. Miguel Carlos Malavolta Casadei, à esquerda, desenhando na capa do caderno uma árvore espinhenta, sente saudade de alguma coisa que não aconteceu, ou de alguém que nunca existiu.

Santana Velha, 1955. A garoa de fevereiro apressa a noite. Caminhando para o galpão, Leonildo entra no quarto. Bate a porta e o trinco ressoa de leve. Mais tarde, um cheiro de banho o enoja. Neide se planta no cômodo. Despem-se como se deixassem escorregar palavras no confessionário. De bruços ou de lado, obrigando as molas do colchão a estralejar com escândalo, o peso de Neide ameaça as junções do leito, e ela se exibe, uma imensa manta de gordura com debrum de varizes. Já não tem pescoço nem seios, mas esparramações de toucinho entre o umbigo e os ombros. Percorrem de memória os atalhos do corpo. Chegam perto do gozo e desistem, ou o prazer desistiu deles. De costas, a cabeça no travesseiro, Leonildo oculta os olhos no antebraço. Ele sofre, menos o sexo, alto e grosso. Esconde-o com pudor tardio. Levariam ou não o retrato de Bira Simões para o Leonildo's?

Grisalha e nua, a deformidade altaneira, arrastando o vestido pela mão, Neide observa a frio o homem estirado na cama, um belo negro, de ventre recolhido e musculatura modelada, ora um estranho. Depois enfrenta a garoa. Indo ao galpão, o negro a vê distanciar-se, as coxas juntas e as pernas espaçadas. Ele se ajoelha e soca os ladrilhos com os punhos. Ele chora. Ele se arranha com ódio e alívio. A velha já não tem traseiro, e sim rebundas abastadas. A porta da cozinha se fecha. Desaparece a visão torpe. Nada mais desumano do que o sexo como despedida.

Esta obra foi composta em Bookman Old Style e Robotto
e impressa em papel Pólen 90 g/m²
para C Design Digital em outubro de 2022